AF388533

Kim Walter

Die Zeitreise des Katers Miraculus

Science-Fiction

Bibliographische Information der Deutschen Nationalbibliothek.
Die Deutsche Nationalbibliothek verzeichnet die Publikation in der Deutschen Nationalbiographie; detaillierte bibliografische Daten sind im Internet über http.//dnb.de abrufbar.

TWENTYSIX
Eine Marke der Books on Demand GmbH

© 2024 Kim Walter

Herstellung und Verlag:

BoD – Books on Demand, Norderstedt

ISBN: 978-3-740 730 109

Vorwort von Errol Flynn

1909 – 1959

„Ich hatte höllisch viel Spaß, und ich habe jeden Augenblick genossen. Ich werde zurückkommen!"

Zitate von Mark Twain

„Es gibt wichtige Tage im Leben, der Tag, an dem man geboren wird, und der, an dem man herausfindet, warum.“

„Gib jedem Tag die Chance, der schönste deines Lebens zu werden!“

„Wenn wir bedenken, dass wir alle verrückt sind, ist das Leben leicht erklärbar.“

Mark Twain,
geboren
30.11.1835 – 21.04.1910

Zeitgleich mit dem Halleyschen Kometen in der USA im Staat Missouri im Dorf Florida.

Geburtsname: Samuel Langhorne Clemens

Sterbeort: Redding, Connecticut, USA

Grab: Woodlawn Cemetery in Elmira, New York, USA

Vorwort

Eine Reise ist meistens etwas, auf das man sich freut. Man verbringt eine gewisse Zeit in einer anderen Stadt oder einem anderen Land, das man kennenlernen möchte. Eine Reise ist eine Fortbewegung über eine bestimmte Entfernung zur Erreichung eines Ziels. Als Reise wird aber auch der traumhafte Zustand des Gelöstseins nach Einnahme von Drogen bezeichnet.

Doch was versteht man unter einer Zeitreise? In der Physik und in der Science Fiction Literatur wird die Zeitreise als eine Bewegung in der Zeit bezeichnet, die vom gewöhnlich gerichteten Zeitablauf abweicht. Bei einer Zeitreise bewegt man sich abrupt in die Zukunft oder die Vergangenheit. Was tatsächlich stimmt, ist: die Einstein'schen Gleichungen lassen Lösungen zu, bei denen die Zeit im Kreis verläuft. Also, wo sich alles wiederholt. Doch von dem sogenannten "Schwarzen Loch" gehen auch Gefahren aus!
Einstein schuf 1905 mit seiner "Relativitätstheorie" die Grundlagen.
Chifford Johnson, ein Physiker an der University of Southern California, stellt fest, dass die Zeit dem Raum viel ähnlicher ist, als wir dachten. In Zukunft können wir alles, was wir mit dem Raum machen, auch mit der Zeit machen.
Das Leben jedes Menschen als auch der Tiere ist eine Reise, eine Reise von der Geburt zum Tod. Dieser „Urlaub" kann schön und beglückend, aber

auch schmerzlich und tränenreich sein. Meist ist es eine Mischung aus beidem.

Die Akteure können sowohl in die Zukunft als auch in die Vergangenheit reisen.

Eine Welt in der Zukunft, die schöner ist, nennt man auch Utopie, eine Welt, in der es den Menschen schlechter geht, nennt man Dystopie.

Zeitreisen sind sehr beliebt bei vielen Lesern und Schriftstellern, doch eine konkrete Möglichkeit dazu, gibt es bis jetzt nur beim Träumen.

Dazu sagt der Volksmund: „Träume sind Schäume!“

Doch Katzen haben bekanntlich sieben Leben, manche behaupten sogar, sie hätten acht Leben, da beginnen „Zeitreisen“ wieder möglich zu werden, falls sie in der Lage sind, sich an die vorigen Leben zu erinnern.

Bewahren wir uns in der Phantasie diese wunderbare Reisemöglichkeit als Chance.

Mitwirkende:

Max:	Kater von Ria und Ralf
Ria und Ralf:	„Katzeneltern" von Max. Sie sind mit ihren neuen Nachbarn Heidi und Hans befreundet.
Miraculus:	Zwillingsbruder von Max aus einer anderen Zeit, Zeitreisender.
Emma und Erna:	Sie sind die Zwillingskatzen von Heidi und Hans, welche viele wertvolle Originalbilder mit Katzenmotiven haben.
Karl König:	Ehemaliger Kommissar der Kripo, Freund von Ria und Ralf.
Lothar:	Jetziger Leiter der Kripo und Freund von Karl König.
Mike Mortimer:	Leiter des FBI in Florida.
Heidi und Hans:	Freunde und später Nachbarn von Ria und Ralf.
Harry:	Vorlauter Siamkater. Er ist stolz auf seine äußere Erscheinung und Figur. Spitznamen: Dirty Harry. Er wohnt bei Tamara und Tom.

Tom und Tamara: Menschliche Freunde von Harry.

Margot: Sie wohnt in Leopoldshafen und
                  sorgt für Harrys Sohn und zeitweise
                  auch für Harry. Sie arbeitet ehren
                  amtlich im Tierheim.

Katzen des Stamm-
tischs: Alf, Bob, Felix, Max, Miraculus,
                  Harry und weitere Katzen.

Kasimir: Kater von Krügers, er wurde todge
                  fahren.

Bob: Vater der Siamkatzenkinder Josie
                  und John. Ihre menschlichen Freun-
                  de haben einen etwas verwilderten
                  Naturgarten.

Felix: Er wurde tot gefahren, Kater von
                  Krügers.

Anton: Geburtstagskind, das plötzlich ver
                  schwunden ist.

Petrus: Das Pony, das Harry von Leopolds-
                  hafen zu Ria und Ralf bringt.

Der Schäfer

Die Frau mit dem Zicklein

Der Falkner

Kapitel 1
Das Labor des Alchimisten

Im Labor des Alchimisten brodelte eine seltsame Flüssigkeit in dem Topf, der auf dem Feuer stand. Blasen stiegen an die Oberfläche des Topfes, die mit lautem Knall zerplatzten. Argwöhnisch beobachtete der Kater des Alchimisten namens Miraculus das Geschehen. Er schaute aus der erhöhten Position eines Schrankes herunter, der an der Wand stand und vollgestopft mit Zauberbüchern war. Dem Gesicht von Miraculus sah man an, dass er sich unwohl fühlte und das Schlimmste befürchtete.

Schon einige Male hatte es Explosionen gegeben. Die Wände des Laborraums sprachen Zeugnis von den diversen Fehlversuchen, denn sie glänzten in allen Farben. Mit zugekniffenen Augen erinnerte sich der Kater an die letzten Versuche des Alchimisten, als er Gold herstellen wollte. Heute wollte er einen Zaubertrank kreieren, der ewiges Leben versprach. Doch plötzlich explodierte der Topf mit einem ohrenbetäubenden Knall. Der Kessel erhob sich von der Feuerstelle und sauste mit rudernden Bewegungen wie ein Raumschiff durch das Labor. Der Kater, der die Flugrichtung richtig berechnet hatte, sprang vom Schrank und versteckte sich unter dem massiven Eichentisch. Noch einmal war eine Explosion zu hören. Danach erfüllte eine lähmende Stille den ganzen Raum. Der Alchimist lag auf dem Boden, den Hals seltsam verrenkt. Der Zauberkessel lag neben ihm. Miraculus streckte alle vier Beine von sich und war bewusstlos. Als er nach einigen Minuten wieder aufwachte, erinnerte er sich an das schreckliche Unglück. Doch er wusste nicht, wo er war, und wie er dorthin gekommen war. Er lag am Rand einer Wiese. Er fühlte sich wohl, denn die Sonne schien und wärmte ihn. Er blinzelte ein paar Mal mit den Augen und schaute sich um. Die Wiese war voller duftender Blumen und kleiner Apfelbäume. Daneben war eine Pferdeweide, auf der ein großes und ein kleines Pferd gemütlich grasten.

Durch den 100 Meter langen Garten kam ihm ein Kater entgegen, der ein schwarz-weißes Fell hatte und ihn genauestens beobachtete.

Als er vor ihm stand, fragte er ihn: "Was machst du in meinem Garten?" Wahrheitsgemäß antwortete Miraculus: "Ich weiß nicht, wie ich hierher gekommen bin. Vorhin war ich noch bei meinem Alchimisten , der wieder ein Gebräu erfand. Doch sein Kessel, der auf einem Feuer brodelte, explodierte, flog durch das Zimmer und tötete ihn!"

Der schwarz-weiße Kater stellte sich ihm vor. Er sagte: "Ich heiße Max. Ich verstehe dich nicht ganz, denn ich weiß nicht, was ein Alchemist ist. Aber du bist mir sehr sympathisch, und wenn du möchtest, kannst du zu meinem Stammtisch am Angelsee mitkommen. Dort treffen sich mindestens einmal in der Woche meine Freunde und ich. Es sind alle sehr sympathische Katzen, und es ist kein Streitkopf dabei. Auf dem Weg zum See kannst du mir von deinem Leben vor dem Tod des Alchemisten erzählen!"

Sie liefen ein kleines Stück den Weg entlang zum See,

als sich ein Auto näherte. Miraculus erschrak sehr und rannte zur angrenzenden Wiese. Max lachte und fragte: "Was ist denn mit dir los? Das war doch nur ein Auto!"

Miraculus fragte: "Was ist denn ein Auto?" Max schaute ihn verwundert an und fragte sich, ob der Topf mit dem Zaubertrank vielleicht auch den Kopf von Miraculus getroffen hatte. Er fragte: "Wie werden denn in dem Land, aus dem du kommst, Personen und Lasten befördert?" Er antwortete: "Natürlich mit Pferden und Kutschen!"

Max staunte: "Da kommst du aber aus einem sehr rückständigen Land!"

Kapitel 2

Erster gemeinsamer Stammtisch beim Angelsee

Nach wenigen Minuten waren Miraculus und Max beim Angelsee angekommen. Vor dem Vereinsheim das Angelclubs im Süden des Sees saßen bereits ein Dutzend Katzen, die neugierig die Ohren stellten und den Begleiter von Max beäugten.

Sie liefen den Weg hinunter und Max stellte Miraculus seinen Freunden vor. Der vorlaute Harry, ein Siamkater, der sehr stolz auf seine Figur und äußere Erscheinung war, sagte: "Ich habe dich ja noch nie gesehen. Wo kommst du denn her?"

Da Max wusste, dass Miraculus mit dieser Frage überfordert war, antwortete er schnell für ihn: "Miraculus ist mit dem Bruder meiner menschlichen Freundin von einem anderen Kontinent mit dem Flugzeug hierher gereist. Er kennt sich mit den Sitten und Gebräuchen in diesem Land noch nicht aus!"

Die anderen Katzen nahmen ihn sehr freundlich in der Runde auf, aber Harry, den sie hinter seinem Rücken wegen seiner spitzen Zunge auch "Dirty Harry" nannten, stellte immer wieder unangenehme Fragen, die Max aber exzellent konterte. Max machte lustige Sprüche über Harry, dass die ganze Runde über ihn kicherte. Darauf ging er wütend nach Hause. Dadurch war die gute Stimmung wieder hergestellt.

Kapitel 3
Das neue Zuhause von Miraculus

Als sich die Dämmerung über den See legte und die Sonne unterging, verließen die meisten Katzen den Angelsee und gingen nach Hause zu ihren menschlichen Freunden, die bereits auf sie warteten.
Als auch Max und Miraculus den Weg zurückgingen, wurde dieser immer trauriger. Max fragte: "Was bedrückt dich denn?"
Dieser antwortete: "Mein bester menschlicher Freund, der Alchimist, ist tot, ich bin irgendwo auf der Welt, wo ich niemanden kenne und nicht weiß, wie ich hierher kam. Alles ist auf einen Schlag anders geworden, und ich weiß noch nicht einmal, wo ich heute Nacht übernachten soll."
Max antwortete: "Mach dir keine Sorgen! Du kommst jetzt mit mir nach Hause. Meine menschlichen Freunde, Ria und Ralf, werden dich sicherlich mindestens für heute Nacht aufnehmen, und morgen früh überlegen wir gemeinsam, welche Möglichkeiten du hast." Zögernd ging Miraculus mit. Wie Max vorhergesagt hatte, wurde er freundlich empfangen und bekam die gleiche Portion wie Max zum Abendessen.
Am nächsten Morgen schien die Sonne. Max und Miraculus wachten fast gleichzeitig auf. Beide hatten gut geschlafen und schöne Träume gehabt. Kein Wunder, denn sie schliefen auf dem Ledersofa im Keller des Hauses, das zum Schutz des Leders vor den Katzenkrallen mit einer warmen flauschigen Decke abgedeckt

war.

Ria und Ralf waren schon in der Küche und bereiteten das Frühstück vor. Die Katzen hörten oben das Geklapper von Besteck und das Öffnen und Schließen von Türen und Küchenschubladen. Gemeinsam stiefelten sie die Kellertreppe hoch und wurden freundlich begrüßt. Ria richtete zwei Becher, welche mit Nassnahrung gefüllt wurde. Es gab heute Lachshäppchen, die Max am liebsten aß. Gemeinsam saßen sie im Wintergarten vor ihrem Frühstück und freuten sich über das milde Wetter.

Danach erkundigten sich Ria und Ralf bei Max nach seinem neuen Freund. Da Max selbst nur wenig über Miraculus wusste, bat er Miraculus Vertrauen zu Ria und Ralf zu haben und doch etwas aus einem früheren Leben zu berichten. Er versprach ihm den anderen Katzen kein Wort zu sagen. Auch Ria und Ralf gaben ihm das Ehrenwort zu schweigen.

Kapitel 4
Miraculus Vergangenheit

Zaghaft und zögerlich begann Miraculus zu berichten: "Meine Mutter lebte schon seit einigen Jahren bei dem Alchemisten, als ich vor drei Jahren auf die Welt kam. Er war zu ihr und mir sehr gut und großzügig .Wir wurden nie geschlagen und hatten einen großen runden Korb, der für uns beide bequem war. Wir gingen stets zur gleichen Zeit schlafen und standen am nächsten Morgen wieder gemeinsam auf. Der Alchemist war der Liebling des Königs, und er war sehr großzügig zu ihm. Stets gab ihm der König, sobald er Lebensmittel oder andere Geschenke bekommen hatte, etwas davon ab. Auch zu den Bürgern des kleinen Landes war der König sehr gut. Stets brachten die Bauern im Herbst den Zehnten ihrer landwirtschaftlichen Erträge vorbei. Das war die Steuer für ein Jahr. Die eine Familie brachte Weizen, die andere Feldfrüchte, Obst, Milch oder Fleisch. Doch es gab auch schlechte Jahre, die zu nass oder zu trocken waren oder auch kräftige Stürme, welche die Bauernhöfe in Schutt und Asche legten. Dann sagte der König zu seinen Bürgern, dass sie keine Steuern bezahlen mussten. Sie sollten, wenn das nächste Jahr gut wird, etwas mehr von ihren Erträgen vorbeibringen. Das machten die Menschen in unserem Land und waren glücklich, einen solchen Regenten zu haben.

Auch ich lebte gerne in diesem Land, denn immer, wenn der König den Alchemisten besuchte, brachte er meiner Mutter und mir etwas Gutes mit. Mal war es eine Portion Fleisch, Sahne oder Milch. Er liebte mich, denn ich durfte auf seinem Schoß sitzen, und er kraulte mich. Je mehr ich schnurrte, desto mehr freute er sich. Meine Mutter und die beiden Männer fehlen mir sehr. Ich weiß nicht, wie ich in diese Welt gekommen bin, in der es Automobile und andere gefährliche Maschinen gibt, die laut ratternd an einem vorbei sausen."

Max mischte sich ein und erklärte: "Miraculus meint Autos und Züge!"

Ria sagte:"Der Bericht von Miraculus erinnert mich sehr stark an die Erzählungen meiner Großmutter über ihre Mutter. Diese lebte etwa von 1850 bis 1920. Der Urgroßvater war Siebmacher, und sie hatten zusätzlich noch Landwirtschaft. In späteren Jahren hatten sie zusätzlich noch eine florierende Gastwirtschaft. Ihr gesamtes Leben bestand aus Arbeit. Sie hatten weder Samstag noch Sonntag noch Ferien und Urlaub. Heute ist die Welt faul und anspruchsvoll geworden. Keiner möchte sich mehr die Hände schmutzig machen. Handwerker sind Mangelware, und jeder sucht Tätigkeiten, bei denen er seine Arbeitszeit hinter einem Schreibtisch und an einem Computer verbringen kann. Seit dem Industriezeitalter haben Erfindungen den Menschen viel harte Arbeit abgenommen, aber diese Entwicklung hat auch seine Kehrseiten. Noch niemals in den letzten Jahrzehnten gab es so viele kranke Menschen mit Diabetes, Herzproblemen und Krebs. Die Zahl der stark Übergewichtigen hat sich zwischenzeitlich dem Land der ungeahnten Möglichkeiten genähert! Gleichzeitig dazu verlief eine Entfremdung innerhalb der Familien. In früheren Jahren lebten meist drei Generationen unter einem Dach. Die Großeltern halfen bei der Zubereitung der Speisen und kümmerten sich um ihre Enkel, die zu Hause waren, und nicht in irgendwelchen Kitas, in denen sie von den Betreuern fremdgesteuert werden. Die Großeltern halfen mit, wo es nur ging, es sei denn sie hatten körperliche Leiden. Heute sind sie in sogenannten Seniorenresidenzen für teures Geld untergebracht. Früher nannte man diese Behausungen für alte Leute Altersheim. Doch die Umbenennungen in vielen Bereichen beschönigen nur die Tatsache, nämlich, dass die Senioren in den meisten Fällen sehr einsam sind. Die Residenzen bieten zwar Vorträge, Musikdarbietungen, Spielmittage und Ähnliches, doch sie ersetzen keine Familie.

Da die meisten jungen Frauen Geld verdienen und emanzipiert sein wollen, kommen die Babys schon nach sechs Wochen in sogenannte Frühkitas, und sie arbeiten wieder in ihrem Beruf. Was dies für die soziale Bindungsfähigkeit der Kinder bedeutet, kann sich wohl auch ein Nichtpsychologe vorstellen.

Lieber Miraculus, Ralf und ich würden lieber in deiner Welt leben, doch das ist leider nicht möglich. Deshalb müssen wir aus der jetzigen Situation das Beste machen. Erzähle niemanden von deinem früheren Leben. Du wirst dich in ein paar Wochen mit der jetzigen Situation angefreundet haben. Wir helfen dir dabei, und du kannst immer bei uns und Max wohnen bleiben."

Kapitel 5
Erstkontakt mit Falken

Die kommende Nacht schlief Miraculus sehr schlecht, obwohl er tief dankbar war, dass er in Max einen solch treuen Freund gefunden hatte, der ihm durch seine Freundschaft mit Ria und Ralf ein neues Zuhause verschafft hatte. Die neue Welt, in die er plötzlich gesetzt worden war, war ihm noch immer fremd und gefährlich. Doch er glaubte Ria, dass dieses Gefühl sich nach einigen Wochen legen würde. Die Tage vergingen mit Unternehmungen, denn Max nahm ihn zu sämtlichen Ausflügen mit und zeigte ihm die Sehenswürdigkeiten im Umkreis von bis zu fünf Kilometern. Auch gingen sie wöchentlich zum Stammtisch am Angelsee. Max hatte Miraculus zwischenzeitlich auch in Didaktik, Spontanität und Schlagfertigkeit getrimmt, so dass er Harrys verbale Attacken selbst gut kontern konnte.

Als Max und Miraculus nach einem lustigen Nachmittag am See wieder nach Hause liefen, fiel Miraculus auf, dass lange Zeit ein Falke über ihnen flog, und sie bis nach Hause verfolgte. Als er Max dazu befragte, gab dieser eine ausweichende Antwort und sagte: "Zu dieser Jahreszeit gibt es hier viele Falken, denn die Mäuse haben im Frühjahr immer viele Kinder." Doch Miraculus spürte, dass hinter den Falken, die sie immer öfter begleiteten, noch ein Geheimnis stecken musste, das Max noch nicht verraten wollte. Er dachte darüber nach und kam zu dem Entschluss, dass er Geduld zeigen musste und Max nicht drängen durfte darüber zu sprechen.

Im Herbst sah man weniger Falken, anscheinend hatten sie sich entschlossen, in ein anderes, vielleicht wärmeres Gebiet im Winter überzusiedeln.

Als Schnee die Erde bedeckte, sahen sie nach einem kleinen Ausflug einen älteren Falken ihren Garten und die angrenzenden Wiesen überfliegen. Er schaute sich alle Bäume und das Nest, wo sie gebrütet hatten, auf das Genaueste an, dann flog er ganz tief über die Köpfe von Max und Miraculus. Dieser hatte das Gefühl, dass der Falke etwas mit Max vereinbart hatte. Max hatte bemerkt, wie aufmerksam Miraculus ihr Zusammentreffen beobachtet hatte und sagte zu ihm: "Wir sind jetzt fast schon ein halbes Jahr zusammen, und ich vertraue dir. Bald werde ich dir ein Geheimnis verraten!"

Kapitel 6
Ausflug zum Reiterverein

Am nächsten Morgen war das Wetter schön und sonnig. Max und Miraculus machten einen größeren Spaziergang zu einem Reitinstitut in Durlach. Max kannte
alle Pferde, denn er war mit ihnen befreundet. Er war
auch schon oft bei ihnen gewesen und hatte ihnen je
nach Jahreszeit etwas mitgebracht. Im Herbst brachte
er Äpfel mit und im Frühjahr Karotten, die er mit seinen
Pfoten im Feld ausgegraben hatte. Er stellte Miraculus
jedes Pferd mit seinem Namen vor und berichtete von
dessen Leistungen und Vorlieben.
Da gab es Penny, der früher Trabrennsport betrieben
hatte. Da die Rennen seine Gelenke sehr stark in Mit-
leidenschaft gezogen hatten, war er für wenig Geld an
den Reiterverein verkauft worden. Was ihn sein gesamtes weiteres Leben verfolgt hatte, waren die Schläge,
die er bekommen hatte, wenn er einmal in den Galopp
verfiel. Das machte er beim Reitunterricht der Anfän-
gergruppen aber besonders gerne. Sobald die Reit-
schüler aufgesessen waren, scherte es ihn einen
Dreck, ob der Sattelgurt schon festgezogen war oder
nicht. Die Folge war, dass sich der Sattel drehte und
der Anfänger auf den Boden fiel. Dann raste er im Galopp davon und rannte sechs Mal am Rand der Reithal-
le in schnellstem Tempo umher. Max berichtete weiter:
"Du darfst Ria aber nicht erzählen, was ich dir anver-
traue. Ria war Mitglied in diesem Reiterverein, und sie
war die einzige, die Penny reiten konnte. Es kam zwar

vor, dass er nach ihrem Aufsteigen davonrannte und einige Runden mit ihr drehte, aber er ließ sie nie absteigen. Sie hatte allerdings auch mit höchster Kraft den Sattelgurt angezogen, so dass der Sattel sich nicht bewegen konnte. Der Reitlehrer, ein alter Haudegen, schrie jedes Mal laut "durchparieren, aber sofort!", da gab Penny nach, oder er machte dies Ria zuliebe. Danach war er die restliche Stunde das liebste Reitpferd. Nachdem sie auch die restlichen Pferde begrüßt und sich mit jedem unterhalten hatten, ging es zurück über den Angelsee.

Heute hielt sich kein einziges Katzentier am See auf, und so machten es sich Max und Miraculus vor der Hütte bequem. Max sagte: "Es ist prima, dass wir heute alleine sind! So kann ich mit dir über das Geheimnis der Falken sprechen. Ria und Ralf haben es mir verraten, nachdem ich sechs Jahre mit Ihnen zusammen gelebt hatte. Wir beide kennen uns erst ein Jahr, doch mir kommt es so vor, als wären es schon 10 Jahre. Deshalb vertraue ich dir ebenso wie mir Ria und Ralf. Aber bitte lass es ein Geheimnis unter uns vier bleiben. Im übrigen habe ich auch das Geheimnis deiner mystischen Reise aus der Vergangenheit zu uns ermittelt, deshalb habe ich zu dir nach dieser kurzen Zeit schon Vertrauen. Miraculus riss die Augen auf und fragte: "Was weißt du darüber?" Max sagte: "Es gibt sogenannte Zeitreisende! Ich kann dir das Phänomen gerne erklären, lieber Miraculus, aber es ist eine sehr schwierige Materie. Deine Gedanken werden nach meinem Vortrag so in deinem Kopf herumschwirren wie aufgescheuchte Wespen in einem Wespenstock. Außerdem

müssen wir in die Grundlagen der Physik einsteigen. Miraculus antwortete: "Ich nehme alles in Kauf, selbst Kopfschmerzen, aber ich muss wissen, wie ich hierher gekommen bin. Bitte, erkläre es mir!"
Max sagte: "Als Zeitreise bezeichnet man in der Physik und in der Science Fiction Literatur eine Bewegung in der Zeit, die vom gewöhnlichen gerichteten Zeitablauf abweicht. Bei einer Zeitreise bewegt man sich abrupt in die Zukunft oder in die Vergangenheit. Was tatsächlich stimmt, ist: die Einstein'schen Gleichungen lassen Lösungen zu, bei denen die Zeit im Kreis verläuft. Also, wo sich alles wiederholt. Das sagte Hermann Nicolai, ein Quantenphysiker. Im Universum gibt es Orte, an denen die Zeit nicht einfach nur schneller oder langsamer vergeht, sondern an denen gewissermaßen täglich ein Murmeltier grüßt. Im sogenannten "Schwarzen Loch" existieren Zeitschleifen. Durch die Annäherung würde die Zeit stehen bleiben. Doch dieser Ausflug ist nicht empfehlenswert, denn unsere Körperteile würden spaghettisiert, also in die Länge gezogen, genauso wie die Zeit. Man könnte problemlos seine eigenen Enkel sehen, doch man würde den Eintritt in das "Schwarze Loch" nicht überleben. Doch der Kernphysiker Steffen Turkat aus Dresden weiß, wer oder was das kann. Es sind Lichtteilchen, sogenannte Photonen, für sie bewegt sich die Zeit gar nicht fort, denn Photonen bewegen sich mit Lichtgeschwindigkeit. Für sie steht die Zeit still. Doch wir Menschen sind nicht in der Lage auf 300.000 km pro Sekunde zu beschleunigen, das schafft noch nicht einmal der Porsche von Ria und Ralf!
Dein Freund, der Alchemist, war nicht nur ein genialer

Zauberer, sondern einer der begabtesten Physiker seiner Zeit. Er hat es fertig gebracht, dich bei seinem Unfall im Labor, in eine andere Zeit reisen zu lassen, ohne dass du körperlichen Schaden genommen hast. Er hat sein Leben für deines geopfert! Er war ein wahrer Freund!
Max sah Tränen in den Augen von Miraculus.
Er sagte: "Bitte sei nicht traurig, das hätte er nicht gewollt. Er hat alles so arrangiert, dass du zu uns kommst und wieder glücklich werden kannst! Lass uns an einem anderen Tag über die Falken und ihre Bedeutung sprechen. Es wäre zu viel und zu schwierig für heute. Ich kann dir aber schon eines verraten: Deine Zeitreise steht in Zusammenhang mit dem Geheimnis der Falken!"

Kapitel 7
Zweiter Stammtisch: Der Tod von Kasimir

Am nächsten Tag konnten Max und Miraculus nichts Geheimnisvolles besprechen, denn es war wieder Stammtisch am Angelsee.
Heute war die Stimmung sehr düster, denn ein Mitglied des Stammtischs war umgebracht worden. Seine menschlichen Freunde, Frau und Herr Krüger, hatten an diesem ersten Frühlingstag, der mild und sonnig war, einen großen Spaziergang in der Nähe ihres Wohnhauses gemacht. Ihr Kater war kurz zuvor in den Garten gegangen und wollte seinen täglichen Mittagsspaziergang machen. Als Familie Krüger kurz vor ihrem Zuhause in die Sackgasse einbog, erschraken sie sehr. Ihr Kater Kasimir lag an der Gehwegkante und bewegte sich nicht. Herr Krüger untersuchte ihn und musste seinen Tod feststellen. Frau Krüger schluchzte und weinte und bat ihn, die Polizei zu rufen. Diese schaute sich den Tatort und den Kater an und musste Herrn Krüger recht geben, dass der Kater tot war. Da es auf der Straße keine Bremsspuren gab, vermutete die Polizei, dass der Kater aus Unaufmerksamkeit auf die Straße gerannt war. Doch Frau Krüger verbat sich diesen Vorwurf, denn sie wusste genau, dass ihr Kasimir sehr gescheit, vorsichtig und dabei etwas ängstlich gewesen war, deshalb war es auszuschließen, dass er den Unfall selbst verursacht hatte.
Allerdings gab es eine weibliche Person, welche immer mit ihrem Porsche in der 30er Zone wenigstens das

doppelte Tempo fuhr und genau in dieser Straße einen Verwandten besuchte. Einige Anwohner dieser Straße hatten sie schon darauf angesprochen, denn sie hatten Angst um das Leben ihrer Kinder.
Doch es hatte nichts gefruchtet!
Das alles, trotz des immensen Schadens an der rechten Fahrerseite an ihrem "herunter gerittenen" Automobil, welches eine eindeutige Vorfahrtsverletzung aufwies.
Die Katzen des Stammtischs fassten einen Entschluss. Jeder sollte mit befreundeten Katzen und ihren Menschen sprechen und fragen, ob jemand zufällig die Situation beobachtet hatte.
Immer noch sehr traurig beendeten sie diesen Stammtisch etwas früher, waren aber in der Hoffnung, noch etwas herausfinden zu können.

Kapitel 8
Tierpark Oberwald

Am nächsten Tag wollte Max Miraculus den Tierpark Oberwald zeigen. Dieser Tierpark besteht hauptsächlich aus Nieder-und Hochwild. "Was für einen Unterschied gibt es zwischen diesen?" fragte Miraculus. Max erklärte: "Hochwild war in früheren Zeiten nur zur hohen Jagd freigegeben, das heißt nur der hohe Adel und die Landesherren durften dieses Wild bejagen. Zum Hochwild gehörten der Rothirsch, der Damhirsch, der Elch, das Schwarzwild wie z.b Wildschweine, die Gemse, das Mufflon, der Steinbock und der Auerhahn. Das Niederwild wurde vom niederen Adel bejagt: Rebhuhn, Kaninchen, Feldhase und Reh.
Wobei die Zuordnung des Rehs wechselte. Vor 250 Jahren gehörte es noch zum Hochwild, inzwischen wird es beim Niederwild eingeordnet.
Sie spazierten durch den Park und lobten die großen Gehege für die Tiere. Dann setzen sie sich auf eine Bank, welche durch die Sonne angenehm erwärmt war. Max sagte: "In dieser Stadt gibt es noch manches Interessantes zu bestaunen. Doch du willst bestimmt zuerst noch einiges über das Geheimnis der Falken wissen.
Miraculus nickte eifrig mit dem Kopf.
Max flüsterte: "Ria hatte eine Mutter, die sie sehr liebte. Die Mutter verlor 10 Jahre vor ihrem eigenen Tod ihren Ehemann, den Vater von Ria.
Ria und Ralf unterstützten sie so gut sie konnten. Ralf

pflegte den Garten, Ria kochte für sie, kaufte ein und half beim Hausputz.

Zwei- bis dreimal pro Woche fuhren sie zu Rias Mutter, welche 30 km entfernt wohnte. Meist gingen sie zusammen in ein Restaurant zum Mittagessen, danach machten sie einen Spaziergang und der krönende Abschluss war ein Besuch in einem Café. Diesbezüglich hatte der Kurort einige vorzügliche Confiseure zu bieten.

Einige Monate vor dem Tod berichtete Rias Mutter ihrer Tochter und ihrem Schwiegersohn, dass sich in der Nähe ein Falke in einem alten hohen Baum niedergelassen hatte. Immer wieder ließ er seinen typischen Schrei hören, und so wusste sie, wann er in der Nähe war. Sie bewunderte das edle Tier und freute sich über ihn, denn er gab ihr das Gefühl von Sicherheit. Auch Ria und Ralf zeigte er sich. Einmal waren sie in einem Restaurant mit Café, wo sie sich Kuchen und Kaffee oder ein Eis schmecken ließen. Ganz in der Nähe befand sich ein Segelflugplatz, wo die Flugzeuge mit einer Winde in die höheren Luftschichten gebracht wurden. Auch dort ließ ein Falke seine markanten Schreie hören. Merkwürdigerweise hieß das Café "Adlerhof" und man findet es heute noch in Schwann.

Auch Ria und Ralf hatten ein Geheimnis. Die von den meisten Menschen gefürchtete Zahl "13" war ihre Glückszahl, denn sie hatten sich an einem Freitag, den 13. kennengelernt, als auch an einem Freitag, den 13. geheiratet. Seit der Eheschließung feierten sie diesen Tag in jedem Monat, es sei denn, Sturm, Schnee oder

Hagel vermasselten den Ausflug. Ein Restaurantbesuch mit vorzüglichen Speisen und lange Spaziergänge oder Wanderungen waren stets das Programm. Sehr oft nahmen sie dazu Rias Mutter mit. Sie freute sich, unter die Leute zu kommen und Besuch zu haben, wobei ihr Kaffee und Kuchen wichtiger waren als das Mittagessen. Doch die Krönung von allem waren, nachdem sie wieder nach Hause zurückgekehrt waren, die Rommé Spiele. Da hätten ihre Gäste ruhig bis 24 Uhr bleiben können. Beim Kartenspielen wurde sie niemals müde.

Es war der 13. Januar 2016, als sie zu dritt wieder einmal einen Ausflug unternahmen. Ria und Ralf waren bereits nach dem schönen Tag nach Hause gefahren, als Ria wie üblich ihre Mutter am Abend nochmals anrief. Doch sie ging nicht ans Telefon. Nach dem dritten Versuch wurde Ria sehr nervös, da sie befürchtete, es könnte ihrer Mutter etwas passiert sein. Sie telefonierte mit der Nachbarin der Mutter, die daraufhin zum Haus ging und klingelte. Doch ihr wurde nicht geöffnet. Daraufhin eilten Ria und Ralf zum Auto und fuhren noch einmal zur Mutter. Nachdem sie aufgeschlossen hatten, sahen sie die Mutter in der Küche auf dem kalten Küchenboden liegen. Der Ehemann der Nachbarin war Sanitäter und kam dazu. Er sagte, dass es sich um einen Oberschenkelhalsbruch handeln könnte und forderte einen Krankenwagen an. Dieser brachte sie in das SRH Krankenhaus in Langensteinbach, dessen Leiter lange Jahre der kompetente Chefarzt Prof. Dr. Curt Diehm war. Er war Spezialist für Wirbelsäulenchirurgie gewesen. Da Ria und Ralf dem Krankenwagen gefolgt

waren, kamen sie fast gleichzeitig an und konnten das Vorgespräch mit einem Unfallarzt führen. Ria wies daraufhin, dass ihre Mutter fast keine Medikamente jemals genommen hatte und, dass sie eine Anästhesie ablehnen würde, da diese Methode bei älteren Patienten meist zu Gedächtnisstörungen führt und bevorzugte eine Rückenmarkanästhesie. Der Arzt notierte alles und setzte den OP-Termin für den nächsten Tag an.
Nachdem die Mutter ein schönes Zimmer bekommen hatte, fuhren Ria und Ralf nach Hause."
Max sagte zu Miraculus: "So, jetzt kennst du den ersten Teil der Geschichte! Morgen berichte ich weiter, denn heute müssen wir schleunigst nach Hause, denn der Himmel wird schon dunkel."
Miraculus erwiderte: "Ich hätte noch bis Mitternacht hier sitzen und dir zuhören können!"

Doch Max blieb standhaft und sagte: "Lass uns schnellstens nach Haus galoppieren".

Kapitel 9
Ein weiterer Blick in die Vergangenheit

Am nächsten Morgen frühstücken die Katzen zusammen mit Ria und Ralf. Ralf war etwas früher als Ria aufgestanden und hatte frische Brötchen und Räucherlachs besorgt. Auch die Katzen durften ihn testen, doch Miraculus war er zu salzig. Nach dem Essen stand der Morgenspaziergang für die Katzen an. Ria und Ralf arbeiteten meist im Garten oder im Büro.

Miraculus sagte zu Max: "Wir müssen nicht jeden Tag etwas Sehenswertes besichtigen, wir könnten uns heute auch einen gemütlichen Tag am Angelsee machen und, falls keiner vom Stammtisch vorbeikommt, könntest du mir die Geschichte von Rias Mutter weiter erzählen."

Max antwortete: "Das ist eine gute Idee! Auch ich liebe das Wasser in jeder Form, egal ob See, Fluss oder Meer. Das Plätschern ist so schön beruhigend!" Ria und Ralf lieben das Wasser ebenso, besonders mögen sie es im Wein.

Sie liefen durch den 100 m langen Garten bis zur Bahnlinie, bogen nach rechts ab, nahmen die Unterführung der Bahnlinie und dann ging es etwa noch zwei Kilometer Richtung Norden.

Niemand hielt sich am See auf, weder Mensch noch Katze, und so nahmen sie an der sonnigsten Stelle vor der Hütte Platz .

Max erzählte weiter: "Der Arzt hatte Ria geraten, gegen 12 Uhr am nächsten Tag im Krankenhaus anzurufen, denn bis dahin sollte die OP durchgeführt sein. Doch das war sie nicht. Sie telefonierte nochmals zwei Stunden später. Gegen 16 Uhr war sie so beunruhigt, dass sie Ralf bat ins Krankenhaus zu fahren. Sie kamen gerade zum Zimmer, als die Mutter auf einem Krankenhausbett ins Zimmer gerollt wurde. Sie war noch betäubt von der OP und machte einen verwirrten Eindruck.

Am nächsten Morgen waren Ria und Ralf um zehn Uhr wieder im Krankenhaus und hofften, dass ihr die Nachtruhe gut getan hatte.

Doch es stellte sich heraus, dass sie Gedächtnisprobleme hatte, und Ria ließ den Oberarzt kommen und wollte Auskunft, was passiert war.

Es stellte sich heraus, dass die Anästhesistin ihr eine Narkose gegeben hatte und keine Rückenmarkspritze. Sie redete sich damit heraus, dass sie die Mutter gefragt hätte: "Wollen sie schlafen?" Selbstverständlich hatte die Mutter "ja" gesagt, denn sie wollte im Bett liegen bleiben und ihre Ruhe haben. Ria und Ralf erwogen damals eine Klage gegen diese Ärztin anzustrengen, aber bekanntlich „hackt eine Krähe der anderen kein Auge aus".

Mit der Anschlussreha klappte es auch nicht, und so musste die Mutter für ein paar Tage in ein Pflegeheim. Dort wurde sie liebevoll betreut, doch die Mutter glaubte nicht daran, dass sie wieder so gesund werden würde, dass sie ihr freies Leben, das sie bis zum 92. Lebensjahr im eigenen Haus verbracht hatte, weiterführen könnte. Auch ihrer Tochter und ihrem Schwiegersohn wollte sie nicht zur Last fallen und beschloss

ihr Leben zu beenden, indem sie Nahrung und Getränke verweigerte. Sie starb am ersten Februar 2016 gegen 16 Uhr. Ria und Ralf waren bei ihr und jeder hielt
ihre Hand.

Danach war Rias Mutter oft nachts zu Besuch und zwar
in ihren Träumen. Sie sagte Sätze wie: "Jetzt können
wir uns wieder richtig unterhalten!" und "Ich hatte
Angst, dass du mich nicht mehr liebst, wenn ich ster-
be."

Im Nachbarhaus von Ria und Ralf war die ältere Dame
vor einigen Monaten gestorben, und die Tochter versuchte lange Zeit das Haus zu verkaufen. Kurz vor dem
Tod von Rias Mutter hatte sie einen Käufer gefunden,
und dieser ließ das Haus bis zur Kellerdecke abreißen
und zweieinhalb Stockwerke darauf setzen. Das Haus
war noch unverputzt, als ein Falke es sich auf dem
Dachbalken gemütlich machte und jede Nacht dort
schlief. Wenn Ria oder Ralf ihren Max beim Morgen-
grauen ins Freie ließen, begrüßte sie der Falke mit einem lauten Schrei.
Da Ria an Seelenwanderung glaubte, wähnte sie ihre
Mutter in dieser Gestalt. Sie meinte, dass man sich
nach dem Tod aussuchen durfte, ob man als Mensch
oder Tier wiedergeboren wurde. Auch ein Wechsel von
einem Mensch zu einem Tier oder von einem Tier zu einem anderen, war in ihren Augen möglich. Sie sagte
immer, der Glaube kann Berge versetzen, also warum
sollte dies nicht auch möglich sein.

Kapitel 10
Wanderung zum Rhein

Am nächsten Morgen wurden Max und Miraculus um sieben Uhr wach, und während Max seine Augen rieb, starrte ihn Miraculus schon interessiert an und fragte: "Erzählst du mir heute bitte weiter, wie es Ria und Ralf ergangen ist? "
Max antwortete: "Heute ist Stammtischtag am Angelsee, da kann ich über solche privaten Dinge nicht sprechen." Miraculus bettelte: "Dann lass uns heute doch bitte wo anders hinlaufen. Wie wäre es mit dem schönen Rhein, den habe ich noch gar nicht gesehen!"
Max schmunzelte: "Das können wir gerne machen , aber für eine Strecke werden wir acht bis zehn Kilometer wandern müssen, und das gleiche wieder zurück. Traust du dir das zu?" Ohne mit der Wimper zu zucken, antwortete er: "Ja!"
Sie machten sich gleich nach dem Frühstück auf den Weg durch den Hardtwald. Auf einer sonnenbeschienenen Wiese etwa in der Hälfte der Strecke, machten sie eine Pause und Max berichtete: "Im Juli 2016 machten Ria und Ralf eine große Wanderung durch die Weinberge der Pfalz. Bei einer Pause sahen sie einen wunderschönen Falken auf einem Weinstock sitzen, der sein Federkleid putzte, und sie interessiert anschaute. Er hatte keine Angst und flog nicht weg. Im Gegenteil, er starrte in ihre Augen, dann riss er sich eine wunderschöne lange Feder heraus, und sie glitt tanzend und schwebend zu Boden. Danach flog er mit einem lauten

Schrei davon.

Ria hob das Geschenk auf und freute sich daran. Tagelang dachte sie darüber nach, was diese Geste zu bedeuten hatte. Sie spürte, dass der Vogel das Geschenk mit Absicht gemacht hatte.

Danach tauchten immer wieder Falkenfedern im Garten auf, einen Goldzahn der Mutter entdeckte sie in ihrer Handtasche, ein Paket mit einem Picknickkorb wurde zugestellt, von dem Ria annahm, dass ihre Mutter dieses Paket noch zu Lebzeiten bei der Post aufgegeben hatte und liegen geblieben war. Doch es stellte sich später als Kreuzworträtselgewinn heraus.

Am 15.06.2016 verkauften Ria und Ralf ihren Mercedes CLS, der über 100000 Kilometer auf dem Tacho hatte. Es war ein sehr gutes Auto gewesen, das nie Schikanen gemacht hatte und Rias Mutter hatte es sehr geliebt. Es war im Benzinverbrauch sehr sparsam gewesen, doch die "Dieselhetze" hatte bereits begonnen. Als Ria und Ralf mit dem Käufer vor der Garage standen, der sich das Auto genaustens anschaute, flog der Falke mehrfach ganz tief über ihre Köpfe und ließ Schreie hören, welche ein wenig nach Weinen klangen. Ria hatte Tränen in den Augen.

Im Herbst machten sie Urlaub in Nordspanien. Danach war der Falke 10 Wochen weg. Vielleicht war auch er in den Süden geflogen?

Es gab in diesem Jahr noch ein mysteriöses Erlebnis, und zwar hatten sich Ria und Ralf dazu entschlossen, für die Falken einen Falkenhorst bauen zu lassen, der im höchsten Baum des Gartens, dem uralten Nussbaum, aufgestellt werden sollte. Mehrere Freunde halfen bei der Aufstellung, denn er hatte ein ordentliches Gewicht.

Während der Horst aufgestellt wurde, und ein Mann die Leiter hochstieg und ihn am Stamm und einem dicken Ast befestigte, kam der Falke angeflogen und zog seine Kreise so nah über der Baumkrone, dass seine scharfen Krallen fast den Baum berührten.

"Fantastisch und unglaublich ist diese Geschichte!" sagte Miraculus.

Max erwiderte: "Wenn ich den beiden nicht so vertrauen würde, würde ich am Wahrheitsgehalt der Erzählung zweifeln.

So, die Hälfte dieser Geschichte ist berichtet. Jetzt wandern wir weiter zum Rhein, sonst sehen wir ihn erst bei Nacht!"

Um 16 Uhr kamen sie am Rhein an. Das Lokal an der Fähre, der Rheinblick, war gut besucht und viele Menschen saßen an den Tischen und Bänken und unterhielten sich mit ihren Freunden oder ihrem Partner.

Max und Miraculus marschierten ein wenig nordwärts um sowohl der Fähre, als auch den vielen Menschen zu entkommen, die parallel zum Rhein, nach Süden oder nach Norden wanderten. Südwärts war der Weg nicht so gut ausgebaut, deshalb war es dort stiller und den Katzen angenehmer. Sie kletterten das Flussufer hinunter und schauten auf den bewegten Strom.

Max schwieg kurz und ordnete in Gedanken seine Erinnerungen, dann berichtete er weiter: "Es war der "echte"Hochzeitstag von Ria und Ralf, der 13 Oktober, als

die beiden aufgestanden waren und nach der Morgentoilette die alte Holztreppe zum Erdgeschoss hinunter
gingen, als sie sofort sahen, dass etwas rot blinkte. Es
war das Handy von Rias Mutter, das bei den anderen
Telefonen stand , aber ausgeschaltet war weil die SIM-
Karte fehlte. Eine Inbetriebnahme war dadurch technisch unmöglich. Dieses Phänomen konnte auch der
technisch begabte Ralf bis zum heutigen Tag nicht lösen. Ria erklärte das Wunder auf ihr Weise, sie sagte
damals: "Meine Mutter hat uns jeden Monat mit einem
kleinen Gedicht zu unserem Ehrentag gratuliert, sie
hätte den echten Hochzeitstag niemals vergessen. Dieses Phänomen ist ihre Art und Weise uns heute zu gra-
tulieren." Da Ralf dieser Sichtweise nichts entgegenzu-
setzen hatte, akzeptierte er diese Ansicht!
Bis heute ist dieses technische Phänomen ungeklärt!

Am 16.4.2017 war Ostersonntag, doch es war absolut
kein Wetter für Osterspaziergänge, denn das Thermo-
meter zeigte nur 8 Grad Celsius und ein Schauer jagte
den nächsten. Ria saß im beheizten Wintergarten und
schrieb für ihr neues Buch "KCK, eine Katzendetektiv-
familiensaga" an dem Kapitel, wo Kater Leonardo
auf den Falken trifft, als sie eine Bewegung vor dem
Fenster des Wintergartens wahr nahm.
Eine Falkenfeder schwebte graziös zu Boden. Sie
sprang vom Stuhl auf, dass dieser fast umgefallen
wäre und rannte die Wintergartentreppe hinunter. Bevor der Wind die Feder verstecken konnte, erhaschte
sie diese. Sie legte die Feder auf den Tisch , wo auch
das Manuskript lag, und betrachtete sie eingehend.

Sie schaute zum Himmel und sagte zu sich selbst:
"Wäre dies eine Wunschfeder, so würde ich mir wünschen, dass meine Mutter in Gestalt einer Katze zu mir
zurückkäme, denn dann könnten wir gemeinsam mehr
Zeit miteinander verbringen."
Kurz darauf schickte Sascha, ein Freund von Ria und
Ralf, der an der Grenze zum Grundstück der beiden
seine zwei Pferde stehen, und einen Teil der Pferdeweide gepachtet hatte, ein Foto von einem schwarz-wei-
ßen Kater, der seine Nächte auf dem Sitz eines Trak-
tors verbrachte und sehr abgemagert war.
Einige Wochen später erschien dieser Kater vor dem
Wintergarten von Ria und Ralf. Zwischenzeitlich war es
winterlich kalt geworden. Als Ria den Kater erblickte,
hatte sie Mitleid mit ihm, da er so dünn war. Sie eilte in
die Küche und brachte ihm Schinken. Er fraß ihn
genüsslich im Freien, hatte aber Angst ins Haus zu
kommen. 18 Monate besuchte der Kater Ria und Ralf
und freute sich über das gute Essen, doch er betrat
niemals das Haus. Schließlich hatte er sich davon überzeugt, dass die beiden liebe Menschen sind, die Katzen
nicht quälen oder schlagen.

Am 10.06.2019 zog dieser Kater zu Ria und Ralf! Nun
musst du raten, lieber Miraculus, wie dieser Kater
heißt! Miraculus schaute ziemlich verzweifelt, denn er
hatte keine Idee. Max sagte "Er heißt Max !!!"
Fragend schaute Miraculus Max an: "Welch ein Zufall!
Er heißt ja wie du!" "Nein" , sagte Max, "kein Zufall , er
ist ich! So bin ich zu Ria und Ralf gekommen und habe
es niemals bereut, sie auserkoren zu haben.

Miraculus schaute Max fassungslos an. Er fragte: "Ist das wirklich wahr?" Max bejahte die Frage und sagte: "Morgen berichte ich dir noch weitere Einzelheiten, aber nun marschieren wir nach Hause, denn Ria und Ralf warten schon auf uns!"

Kapitel 11

Unerklärliche Phänomene

Als Max und Miraculus von ihrem langen Ausflug an den Rhein zurückliefen, begegneten ihnen auf dem Heimweg zwei Kater vom Stammtisch am Angelsee.

Sie erkundigten sich, warum die beiden beim heutigen Treffen nicht dabei waren. Max antwortete reaktionsschnell: "Wir mussten am Rhein etwas ermitteln. Aber keine Sorge, beim nächsten Stammtisch sind wir wieder bei euch." "Ihr werdet erstaunt sein, welche Erfolge wir bei der Suche nach dem Mörder von Kasimir haben," sagten Alf und Bob. Max und Miraculus freuten sich, fragten aber nicht weiter nach, denn sie wussten, dass die beiden nicht mehr verraten würden. Sie verabschiedeten sich von ihnen.
Max sagte: „Wir sollten unser Versprechen einhalten und am nächsten Freitag zum See kommen. Außerdem interessiert dich und mich sicherlich, was sie über den Tod von Kasimir erfahren haben."
Miraculus stimmte dem zu, wenngleich er lieber noch über weitere Geheimnisse geredet hätte.
Am nächsten Freitag verabschiedeten sich Max und Miraculus nach einem gemütlichen Frühstück und dem üblichen Morgenschläfchen von Ria und Ralf mit Beineschmusen und Schnurren, das beiden noch eine leckere Scheibe Schinken einbrachte.
Sie liefen die übliche Strecke zum See und waren gespannt, welche Nachrichten sie erwarteten.

Als sie nah genug waren um die Gäste zu zählen, klappte ihnen der Unterkiefer herunter, denn mindestens zwei Dutzend Katzen waren anwesend. Der Mord an Kasimir und die große Suchaktion, die sie veranstaltet hatten und in die auch viele Bewohner des kleinen Ortes involviert worden waren, hatte einen solchen Staub aufgewirbelt, dass ein Großteil aller hier ansässigen Katzen gekommen war.

Jeder hatte an seinem Schicksal Anteil genommen, denn theoretisch kann dieses Schicksal jeder Katze zuteil werden, wenn dumme und sich selbst überschätzende Fahrer am Steuer sitzen.

Schließlich waren Max und Miraculus bei ihnen, und als sie sich umschauten, erkannten sie, dass Harry in der Mitte des Kreises stand und dozierte: "Liebe Freunde, ich freue mich sehr, dass ihr so zahlreich erschienen seid. Ein lieber Freund wurde aus unserer Mitte gerissen, den wir sehr geschätzt haben. Schließlich noch ein paar Worte dazu, wie der Fall aufgeklärt wurde: Jeder von uns hat mit seinen Freunden Kontakt aufgenommen und über den Tod von Kasimir berichtet. Diese Freunde sprachen mit weiteren Freunden und ihren Menschen. So wurde nach dem Schneeballsystem der Tod von Kasimir bei fast allen Katzen und Menschen im Ort bekannt. Die Menschen befragten sogar ihre kleinen Kinder, und schließlich ging das Samenkorn auf.

Gegenüber der Unfallstelle steht ein kleines Haus, in dem drei Personen wohnen: Vater, Mutter und Kind, nämlich ein hübsches kleines Mädchen mit blonden Locken, das erst zwei Jahre alt ist. Es spielte im Vorgarten, als sie das verzweifelte Schreien von Kasimir hörte. Doch unglücklicherweise war der Vater bei der Arbeit und die Mutter kurz einkaufen. Sie suchte sie im Haus, doch sie fand sie nicht. Bis die Mutter nach Hause kam, hatte das kleine Mädchen das Geschehen vergessen und sagte nichts zu ihrer Mutter. Doch als die Mutter ihr das Geschehen nach ein paar Tagen erklärte und fragte, ob sie irgendetwas gesehen hätte, fiel ihr alles wieder ein, und sie begann zu weinen. Die Mutter fragte nach dem Warum. Sie sagte: "Katze weint!" "Warum weint die Katze? Was hast du gesehen?" fragte die Mutter.

"Großes schwarzes Auto macht ihr weh!", nuschelte die Kleine.

Die Mutter eilte ins Lesezimmer und brachte das Porsche Magazin mit , sie blätterte mehrere Seiten durch und zeigte ihr das Foto von einem schwarzen 911. "Ist das das Auto?", fragte sie. "Nein", antwortete das Töchterlein, "es war größer". Die Mutter blätterte weiter und zeigte ihr schließlich einen schwarzen Porsche Cayenne. Die Kleine nickte eifrig mit dem Kopf und zeigte mit dem Finger auf das Bild.

Die Mutter benachrichtigte die Polizei, welche noch am gleichen Tag der Fahrerin einen Hausbesuch abstattete und auch bei den Eltern des Mädchens vorbei kamen.

Obwohl das Kind noch so jung war, bemerkten die zwei Beamten, dass das Mädchen eine extrem schnelle Auffassungsgabe hatte und auf alle Testfragen schnell und richtig reagierte. Sie veranlassten, dass ein Pathologe die Leiche von Kasimir nach Spuren untersuchte und das Auto der Beschuldigten ebenfalls von der Spurensicherung auf die DNA und Haare untersucht wurde. Beide Untersuchungen waren positiv und brachten die Person, welche gefahren war, vor Gericht. Dieses verurteilte die Fahrerin zu einer hohen Geldstrafe und sechs Monaten Führerscheinentzug. Eine gerechte Strafe!

Feiern wir nun den Tod von Kasimir, dem nun ein weiteres, hoffentlich besseres und längeres Katzenleben zusteht. Unser Zusammenhalt führte zur Aufklärung des Falles. Wir haben am Fluss ein kleines Fischbuffet zusammen errichtet, welches wir vorher gemeinsam geangelt haben. „Lasst es euch schmecken und genießt es! Wir leben weiter nach dem Motto von Kasimir:
Carpe Diem!"

Als die Nacht kam, gingen alle Katzen nach Hause, immer noch sehr traurig, aber befriedigt, dass die Täterin eine Strafe bekommen hatte.

Kapitel 12
Der Schäfer

"Wuff, wuff, wuff!" Max und Miraculus erschraken so sehr, dass sie aus dem Katzenkorb sprangen und sich im Zimmer umschauten, ob sich ein Hund in das Haus geschlichen hatte. Doch dem war nicht so, die Geräusche kamen aus dem Nachbargarten, denn der Hund war aus dem Urlaub zurückgekommen. Er rannte im Garten umher und schaute, ob alles beim Alten war. Da es erst sechs Uhr am Morgen war, stiegen sie zurück in den Katzenkorb und wollten noch zwei Stunden schlafen. Doch sie waren beide so aufgeregt, dass es nicht mehr gelang. So unterhielten sie sich ein wenig. Max merkte, dass Miraculus bald wieder zu fragen anfangen würde, und sagte deshalb, man sollte im Leben möglichst alles geduldig angehen und versuchen Probleme selbst zu lösen. Max sagte: "Natürlich darf man Freunde fragen, doch es wird dann sehr erstaunen, dass ihre Meinungen sehr unterschiedlich sind, wie auch ihre Lebenswege. Deshalb gibt es keinen einzig richtigen Weg zur Lösung für die unterschiedlichen Probleme. Jeder sollte versuchen, auf seine innere Stimme zu hören und seinen Weg zu finden.
Ich habe von Ria und Ralf etwas Erstaunliches gelernt: Ria stand einmal vor einigen Monaten ewig lange vor einem Spiegel und schaute fast eine Viertelstunde hinein. Ich fragte sie: "Findest du deine neue Hose so toll, dass du sie so lange betrachten musst?" Ria lachte und antwortete: "Das habe ich gar nicht bemerkt. Aber

in Wahrheit habe ich nicht meine Hose angeschaut, sondern mit Hilfe des Spiegels habe ich in mein Herz geschaut, das heißt, ich habe nachgedacht, wie ich mich in einer schwierigen Situation entscheiden soll. Jede Wahl bringt eine andere Wendung im Leben, denn sein Schicksal erschafft man selbst. Hat man erst einmal den Kopf verloren, hat man alles verloren. Immer sollten Kopf und Bauch miteinander herzlich in Verbindung stehen und einen gemeinsamen Weg finden, den der Körper in seiner Gesamtheit akzeptieren kann.
Meine Empfehlung an dich ist, dir mehr Zeit zu lassen und mit Hilfe eines Spiegels diese zwei Welten zu verbinden. Die Lösung deines Problems finden du selbst, zumindest teilweise, dann helfe ich dir weiter."
Miraculus atmete tief durch und versprach sich in mehr Geduld zu üben.

Kurz darauf war es acht Uhr, Ria und Ralfs Frühstückszeit, und die Katzen sprangen die Treppe hinunter. Die beiden Katzenfreunde saßen bereits am Tisch und unterhielten sich angeregt. Die Frühstücksteller von Max und Miraculus standen vor dem Servierwagen im Wintergarten und Ria musste nicht aufstehen um ihnen das Frühstück zu bringen. Als Max und Miraculus die Leckereien verputzt hatten, setzten sie sich zu den beiden an den Tisch und spitzten die kleinen Katzenohren.

Ria sagte zu Ralf: "Erinnerst du dich gestern an den Spaziergang in Stutensee?" Ralf bejahte und sagte: "Ja, die Begegnung und das Gespräch mit dem Schafhirten war sehr ungewöhnlich, aber auch lehrreich. Er war ein sehr weiser Mann mit einem hohem Wissen. Der Schäfer hatte 150 bis 200 Schafe dabei, darunter auch einige frisch geborene Lämmchen, denn jetzt, Ende Februar bis Anfang März lammen die Schafe. Aber, was ganz erstaunlich war, er hatte nur zwei Hütehunde dabei. Diese hielten die gesamte Herde in Schach und rannten auf einen kurzen Befehl des Schäfers los und trieben die Tiere von der Straße weg oder in eine andere Richtung. Nachdem diese Aktion durchgeführt war, kam der Hund sofort zum Schäfer zurück und setzte sich ihm zur Seite. Er führte jeden Befehl des Schäfers sofort aus und gehorchte. Er sagte: „Mein Hund ist nicht durch eine Erziehung mit Schlägen oder den beliebten Leckerlies bei Hundebesitzern dazu gebracht worden zu gehorchen, sondern das einzige Erziehungsmittel, das ich angewendet habe, ist Konsequenz. Lasse ich dem Hund zweimal etwas durchgehen, ist er versaut. Er muss ganz genau wissen, was er tun darf und was nicht. So bleibt er ein fröhlicher Hund, der sich über seine Arbeit freut und seinen Herrn gern hat. Übrigens ist das nicht nur bei Tieren so, sondern auch bei Menschen. Da ich viel in der freien Natur bin, sehe ich oft junge Mütter mit ihren Babys im Kinderwagen spazieren gehen. Wenn ich genau hinschaue, sehe ich, dass die junge Mutter in Gedanken nicht bei ihrem Baby ist, sondern ein Handy an das Ohr hält. Abends sitzen die jungen Leute vor dem Fernseher oder vor dem Computer. Wenn das Baby schreit, haben sie keine Zeit und Lust, nach dem Kind zu schauen, denn das Gespräch, der Fernseher oder der Computer ist im Moment wichtiger. So bleibt das Kind unbeachtet und gewöhnt sich das Schreien an. In der Kita geht es so weiter, denn nur das Kind mit der lautesten Stimme wird von den Kitatanten beachtet, die sich lieber miteinander unterhalten. So nimmt alles seinen Lauf bis zu der "Letzten Generation!"

Ralf sagte: "Bei Katzen ist es genauso?" Die Katzenmütter lassen sich nicht von den Kleinen auf dem Kopf herumtanzen, da gibt es mal einen Klaps, wenn sie nicht parieren. Alles funktioniert so gut, wie es bei der Entstehung der Katzenrasse schon war. Vielleicht liegt es auch daran, dass es den Computerspezialisten nicht gelungen ist, auch noch die Tierwelt unter ihr Joch zu kriegen.

Inzwischen sind die Tiere freier als die Menschen, zumindest im Geist!

Auch Ria nickte nachdenklich und sagte: "Der Schäfer und du, ihr habt in allen Punkten Recht! Aber auch er hat Sorgen, denn Futter und Medikamente für die Schafhaltung werden immer teurer, während seine Einnahmen schwinden. Inzwischen bekommt er für ein Kilo Merinowolle nur noch 50 Cent. Ebenso sind die Preise für Schaffleisch gesunken und von den Discountern werden Bauern und Tierzüchter bis zum Mindestpreis gedrückt. So verkaufen sie die meisten Tiere für eine Hausschlachtung. Dieses Wort hört sich so schön harmlos an, doch das Gros der Kunden sind Islamgläubige, welche den Schafen in der Badewanne den Hals durchschneiden, indem sie diese schächten und ausbluten lassen. Wo bleibt da das Tierwohl, die tierärztliche Untersuchung und die deutsche Verordnung zum gnädigen Töten von Tieren?

Bei jedem Verkauf eines Schafes, dessen Geburt er erlebt und aufgezogen hat, blutet ihm das Herz. Doch die andere Seite der Medaille ist, dass er und seine Familie Schafe verkaufen müssen, denn sie brauchen das Geld zum Leben.

Trotz allem liebt er seinen Beruf, der harte Arbeit bedeutet, und dass er jeden Tag bei Wind, Regen und Hitze im Freien ist!"

Kapitel 13
Das Zicklein

Am nächsten Morgen hatten Max und Miraculus erneut verschlafen, denn Ria und Ralf saßen schon am Frühstückstisch im Wohnzimmer. Für den Wintergarten war es noch zu kalt, denn es hatte nachts -5° gehabt und jetzt musste erst die Sonne ein paar Stunden den Raum erwärmen, bis es dort gemütlich wurde. Für die Katzen war eine Temperatur von 10 Grad allerdings nicht unangenehm, und deshalb hatte Ria ihr Frühstück bereits dort gerichtet, da sie öfters versehentlich das Nassfutter auf den Boden fallen ließen.
Allerdings war Max aufgefallen, das Miraculus bei der Morgentoilette andauernd intensiv in den Spiegel geschaute hatte. Er hatte sich die Worte von Ria zu Herzen genommen und suchte nach einer Antwort im Spiegel.
Ria und Ralf sprachen nochmals über das Erlebnis von gestern beim Spaziergang in Stutensee. Ria sagte: "Diesem Ort verdanken wir einige schöne und wundervolle Erlebnisse. Es muss ein magischer Ort sein. Ich habe gestern über den Ort Stutensee nachgelesen, dass es ihn erst seit dem 20 Mai 1974 gibt, denn er wurde als neue Gemeinde durch den Zusammenschluss von Büchig, Friedrichstal, Spöck und Staffort gebildet.

Doch die badischen Markgrafen hatten an diesem Ort schon äußerst früh Interesse bekundet. So ließ Markgraf Karl der Zweite zwischen 1550 und 1560 den Zwingelsee zur Fischzucht anlegen. Doch er musste das Projekt einige Jahre später wegen heftiger Proteste wieder aufgeben.

Im Jahr 1620 gründete Markgraf Friedrich der Fünfte zur Aufbesserung der Landwirtschaft und Landesverteidigung das Gestüt Stutensee. Im Jahr 1721 ließ Markgraf Karl Wilhelm, der Gründer von Karlsruhe, zwischen den Stallungen Fachwerkbauten aus Holz errichten. So wurde es ein kleines Lustschlösschen und ein Jagdsitz.

Im Jahr 1749 baute Markgraf Karl Friedrich nach Plänen des italienischen Architekten Retti das Jagdschloss in der heutigen Form mit Steinen der Schlossruine Staffort. Das Wasserschloss hatten die Franzosen zwischen 1676 und 1689 zerstört.

Mit einer so wechselvollen Geschichte war das Schloss Stutensee entstanden, das es noch heute gibt!

Im Jahr 1919 gründeten der Landgerichtspräsident Heinrich Wetzlar und seine Ehefrau Therese dort ein Erziehungsheim zur Resozialisierung straffällig gewordener Jugendlicher. Doch da sie Juden waren, erhielt Heinrich Wetzlar Berufsverbot und das Ehepaar wurde 1943 in das KZ Theresienstadt gebracht. Das Haus heißt deshalb heute noch Heinrich Wetzlar Haus und erfüllt die gleichen Aufgaben wie damals".

Ralf fragte: "Hast du das Geheimnis dieses mystischen Ortes schon entdeckt? "Nein", antwortete Ria ehrlich

und etwas kleinsilbig, „noch nicht, aber ich weiß jetzt viel mehr über die Geschichte des Ortes und, dass wir hier schon manches schöne Erlebnis hatten. Erinnerst du dich noch an das frisch geborene Zicklein vom letzten Jahr?"
Ralf legte seine Stirn in Falten und dachte nach. Es fiel ihm nicht ein.
Ria sagte: "Wir liefen wieder einmal die große Runde an den Ställen von Pferden und Ponys, Eseln, Schafen und Lämmern vorbei, als uns eine Frau entgegenkam, die glücklich lächelte. Sie hatte in ihrer Armbeuge ein kleines Tier, das wir aus der Entfernung nicht erkannten.
Als sie vor ihnen stand, sagte Ria voller Begeisterung: "Oh wie schön, ein kleines Zicklein! Die Frau sah die Freude in Rias Augen und fragte: "Möchten Sie das kleine Wesen, das erst einen Tag auf der Welt ist, einmal auf den Arm nehmen? "Ria nickte heftig mit dem Kopf und übernahm ganz sanft das kleine Geschöpf. Es weinte nicht und hatte auch nichts dagegen, als sie es in ihrem Armen hielt.
Für Ria war es allerdings ein wunderbares Erlebnis gewesen.

Kapitel 14
Der Falkner

Wieder hatten die Katzen schön und lange in ihrem gemeinsamen Körbchen geträumt, als sie durch die Stimmen von Ria und Ralf wach wurden. Wahrscheinlich war es die Frühlingsmüdigkeit und die Winterkälte sowie der geringe Sonnenschein, der ihre Körper so geschwächt hatte, dass sie mehr Schlaf benötigten als üblich.

Ria und Ralf sprachen erneut über Stutensee. Dort hatten sie einen Spaziergang gemacht und einen Falkner getroffen, der einen abgerichteten Vogel dabei hatte. Dieser Vogel hieß Bärbel und hatte eine kleine braune Lederkappe auf dem Kopf, welche ihm die Augen verschloss, so dass er nicht davonfliegen konnte. Zum Flug nahm ihm der Falkner die Kappe ab, und er drehte eine größere Runde, um dann wieder auf dem mit dickem Leder geschützten Arm des Falkners zu landen. Ria und Ralf unterhielten sich mit dem Falkner und erfuhren sehr viel Neues und Interessantes über die Ausbildung von Raubvögeln. Des weiteren berichtete der Falkner über seine Aufträge. Flughafenbetreiber waren an seinen Raubvögeln interessiert, damit sie Taubenschwärme vom Flugfeld verjagen.

Der Falkner gönnte Ria und Ralf sogar eine eigene Flugvorführung, bei welcher der Raubvogel ein Nagetier fangen sollte. Er nahm dem Vogel die Lederkappe ab und ließ ihn starten. Mit einer Maus im Schnabel kehrte er zurück und wurde sehr von seinem Herrn gelobt. Doch heute Morgen gerieten die Zwei fast in Streit, denn Ria behauptete, der Vogel sei ein Falke gewesen und Ralf sagte, es sei ein Bussard gewesen.

Ralf nahm sein Handy zur Hand und gab als Suchbegriff Raubvögel in Stutensee ein. Blitzschnell war das Foto gefunden und siehe da, ein kleines Mäuseschwänzlein hing aus dem Schnabel eines Falken! Nun war der Tag gerettet, und die gute Laune wieder hergestellt. Der Morgenspaziergang stand bevor und Max und Miraculus liefen ostwärts Richtung Reiterverein, weil die vielen großen Wiesen ideal dafür waren, Raubvögel beobachten zu können.

Tatsächlich sahen sie mehr, als sie sich vorstellen konnten.

Über dem Reiterverein und dem dahinterliegenden Freigelände kreisten vier Weihen, wahrscheinlich die Eltern und ihre zwei Kinder, zwei Bussarde, von denen einer eine Maus fing und ein Falke, der wie ein Kampfflieger zur Erde stürzte und einen Maulwurf erwischte, der sich aus seinem Tunnelsystem herausgetraut hatte, und so seine Neugier mit dem Leben bezahlen musste.

Miraculus sagte zu Max: "Wenn Ria und Ralf nicht so viel über die Raubvögel erzählt hätten, wären wir nie auf die Idee gekommen, sie zu beobachten, dabei ist es ein total interessantes Hobby!

Schon zeigte sich die Dämmerung am abendroten Himmel, als die beiden bemerkten, dass sie vergessen hatten, selbst Mäuse zu fangen. Schnellen Schrittes wanderten sie heim und freuten sich auf das Abendessen, das Ria und Ralf servierten.

Kapitel 15

Antons Geburtstagsparty

Heute war Freitag und Max und Miraculus beschlossen, wieder einmal zum Stammtisch zu marschieren. Als sie dem See näher kamen, sahen sie von weitem, dass ihre Katzenfreunde so aufgeregt hin und her liefen, dass es aussah, als wäre ein Hornissenschwarm hinter ihnen her. Irgendetwas musste passiert sein!

Die Katzen rannten von einem Ende des Sees zum anderen und konnten die beiden kaum begrüßen. Max und Miraculus fragten, was los sei. Sie bekamen zur Antwort: "Vor zwei Minuten hat uns Anton eingeladen bei ihm im Hof seinen Geburtstag zu feiern, denn er ist heute acht Jahre alt geworden. Doch urplötzlich ist er weg und niemand hat ihn mehr gesehen. Wir haben auch schon den See überprüft, ob er vielleicht hineingefallen ist."

Max fragte: "Wer hat zuletzt mit ihm gesprochen?" Die Stammtischmitglieder waren so aufgeregt und sprachen durcheinander, dass die beiden gar nichts verstehen konnten. Max erhob seine Stimme und sagte streng und laut: "Nun beruhigt euch doch endlich, so kommen wir nicht voran."

Schließlich sagte Harry: "Ich meine, ich habe ihm zuletzt gratuliert."

Miraculus ahnte, wo Anton stecken könnte und flüsterte Max etwas ins Ohr, dass sie dort mit der Suche anfangen sollten. Max fragte weiter: "Weiß jemand von euch, wo Anton wohnt?" Max befahl: "Harry, du gehst vor zu Antons Haus, und wir folgen alle. Ich glaube, ich weiß, wo Anton ist!"

Wie Kindergartenkinder tapsten die Katzen in Zweiergruppen hinter Harry her. Schon nach 13 Minuten waren sie in dem hübschen Zuhause von Anton. „Potzblitz!" rief Harry aus. Anton war in seinem Garten und schleppte vom Haus Trockenfutter und diverse Frischfische an einen gemütlichen Platz um die Geburtstagsparty vorzubereiten. Er hatte den Katzen gesagt, dass er schon einmal voraus gehen würde, um die Feier vorzubereiten. Doch vor lauter Vorfreude hatte anscheinend niemand zugehört.

Nun wurde kräftig gefeiert, und bald hatten alle die Sorgen von vorhin vergessen. Als Max und Miraculus am Abend zurück nach Hause gingen, sagte Max zu Miraculus: "Es ist mir ein Rätsel, wie du es wissen konntest, dass Anton nach Hause vorgegangen ist?"

Miraculus antwortete: "Man muss nur alle Möglichkeiten im Kopf durchspielen, und meistens ist es die wahrscheinlichste Variante! So mache ich es auch, wenn ich irgendeinen Gegenstand suche, den ich vermisse. Ich glaube, ich kann dir auch einiges beibringen!"

"Das freut mich aber sehr", antwortete Max.

Kapitel 16
Wie Max zu Ria und Ralf kam

Als Max und Miraculus wieder einmal in der näheren Umgebung des Gartens herum schlenderten, sagte Max zu Miraculus: "Ich wundere mich heute noch, wie schnell du herausgefunden hast, dass Anton nach Hause vorausgegangen war."
Miraculus antwortete: "Ich habe es dir schon einmal erklärt, es ist nur rationales Denken."
Miraculus fragte weiter: "Hast du dich auch so schnell für Ria und Ralf entschieden, oder haben sich die Zwei für dich entschieden?"
Max schmunzelte: "Nein, das war eine verdammt lange Geschichte, die länger als ein Jahr dauerte.
Ich hatte eine sehr harte Jugend, denn ich war ausgesetzt worden und fast verhungert. Eine gute menschliche Seele gab mich im Tierheim ab. Dort päppelten sie mich auf und versuchten mich an tierliebende Menschen zu vermitteln. Diese Zeit war besser, als auf der Straße zu verhungern und zu frieren, doch Liebe und Zuneigung bekam ich keine.
Nach ein paar Wochen kam ein älteres Ehepaar ins Tierheim. Die Frau wollte zwei Kätzinnen mitnehmen, doch die Angestellte des Tierheims sagte: „Die zwei Kätzinnen haben noch einen hübschen Bruder, der mit ihnen zusammen bleiben soll, denn sie hängen sehr aneinander."

Schließlich sagte der Mann: „Dann nehme ich den Kater für mich und meine Frau kümmert sich um die zwei Kätzinnen."

So kamen wir zu dritt zu diesem Ehepaar.

Da der Mann unberechenbar und jähzornig war, versteckte ich mich stets abends und nachts unter seinem Bett an Stellen, wo er nicht hinkam.

Als der Mann nach zwei Jahren starb, setzte mich seine Frau vor die Türe.

Wieder stand ich auf der Straße. So schlug ich mich mehr als ein Jahr alleine durch. Wenn ich Glück hatte, fing ich Mäuse, ansonsten hungerte ich. Ich schaute mir alle Häuser und Familien in der näheren Umgebung an und hoffte für den nächsten Winter eine angenehme Unterkunft bei Menschen zu finden, welche Katzen gern haben. Doch das war schwieriger als gedacht. Die meisten Leute verjagten mich, schmissen mir Steine oder Stöcke hinterher, unerzogene Kinder streichelten mich zuerst, dann zogen sie an meinem Schwanz. Wenn ich ihnen mit der Pfote drohte, schrien sie laut um Hilfe und Mutter oder Vater kamen angerannt und übergossen mich mit kaltem Wasser. Schließlich wusste ich, wonach ich suchen musste: Ein Paar ohne Kinder, katzenfreundlich, großzügig und liebevoll. Sie sollten ein großes Haus haben, indem ich mir mindestens ein Zimmer aussuchen durfte. Sie sollten ebenfalls rücksichtsvoll sein, das heißt, bei schlechtem Wetter sollte ich länger zu Hause bleiben dürfen.

Schließlich, nach langem Suchen fand ich so ein Haus, das ganz nach meinem Geschmack war. Doch da ich schon so viel erlebt hatte, testete ich das Paar erst einmal längere Zeit und ließ mir das Futter ins Freie stellen, betrat das Haus aber nicht.

Als ich nach mehr als einem Jahr davon überzeugt war, dass wir Freunde für das Leben werden können, betrat ich das Haus.

Die Sympathie zwischen uns wurde immer größer. Mit Sicherheit kann ich sagen, dass ich ihnen voll vertrauen kann, denn sie haben mich noch nie geschlagen oder absichtlich verletzt. Ich habe mich Ihnen gegenüber genauso verhalten, wenngleich es etwa drei Mal passierte, dass ich Ria beim Spielen mit meinen Krallen an den Händen verletzte, so dass sie blutete. Daraufhin hörte sie auf mit mir zu spielen und sagte in etwas lauterem Ton, dass ich in Zukunft meine Krallen einziehen solle, sonst würde sie nicht mehr mit mir spielen. Das habe ich befolgt, und seitdem läuft alles prima. Da ich meist im Wintergarten sein darf, den ich liebe, der aber voller Pflanzen steht, muss ich besonders acht geben, nirgends hängen zu bleiben oder etwas umzustoßen.

Ria und Ralf wissen aber ganz genau, dass ich dies niemals mit Absicht machen würde. So besteht unsere Beziehung aus beiderseitigem Vertrauen, und ich danke der großen Katzengöttin Bastet, dass sie mir in diesem Leben so viel Gnade erwiesen hat."

Miraculus seufzte: "Eine solche Lebensgeschichte habe ich noch nie gehört. Es kommt mir fast wie ein Wunder oder ein Märchen vor.

Doch dir glaube ich alles!"

Kapitel 17

Der Schatz liegt immer am Ende des Regenbogens!

Heute war wieder Freitag und Max und Miraculus machten sich auf den Weg zum Angelsee. Als sie auf der Straße gegenüber des kleinen Wäldchens liefen, das ganz nahe bei dem großen Einkaufscenter liegt, nordwärts liefen, kam über dem Wald ein Hubschrauber angeflogen, der plötzlich ganz tief über die Köpfe von Max und Miraculus flog. Die beiden erschraken sehr und mutmaßten, aus welchem Grunde der Hubschrauber so tief über ihren Köpfen flog. Max sagte: "Vielleicht wurde im Einkaufsmarkt ein Geschäft überfallen, und die Polizei sucht die Gauner, die über den Wald geflüchtet sind." Miraculus sagte: "Manchmal suchen sie auch ältere Leute, die aus dem Pflegeheim verschwunden sind, weil sie den Weg nach Hause nicht mehr finden." Max sagte: "Schau einmal, da vorne ist eine große Brombeerhecke, da können wir uns verstecken. Doch wir bleiben im vorderen Bereich, da ist sie nicht so dicht, und wir verletzen uns nicht an den Dornen!"

Gesagt, getan! Nachdem sich die beiden versteckt hatten, flog der Pilot noch einige kleinere Runden, und dann drehte er ab.

Miraculus antwortete: "Am besten warten wir noch drei Minuten, dann laufen wir zum Stammtisch."

Als sie dort ankamen, wurden sie mit großem "Hallo" begrüßt. Harry wusste mehr: "Seid ihr jetzt erst aus dem Bett gekrochen, so spät wart ihr noch nie?" Max

erwiderte: "Wir wurden von einem Hubschrauber aufgehalten, der direkt über unseren Köpfen flog. Wahrscheinlich hat er die Gauner gesucht, die ein Geschäft
des Supermarkts überfallen haben."
Harry mutmaßte: "Vielleicht habt ihr den Überfall gemacht und kommt jetzt hierher, um ein gutes Alibi zu
haben!" Max meinte: "Kurz bevor wir von zu Hause
weggegangen sind, wurde Ria von einem ehemaligen
Kommissar der Kripo angerufen, den sie vor ein paar
Jahren kennengelernt hatte, als in dem kleinen Ort ein
Auftragsmord von einem Russen ausgeführt wurde.
Der Kommissar beschrieb Rita die zwei Täter, die ein
kleines Tattoostudio überfallen haben, und ich muss
sagen, bei einem dieser zwei Profile dachte ich sofort
an dich, Harry. Wir müssen deinen Namen ändern.
Nicht mehr "Dirty Harry," sondern tatsächlich ein "Cri-
minal Harry".
Nun lachten alle anderen Katzen und seit diesem Tag
rief niemand mehr "Dirty Harry"!

Bis die Leser der Tageszeitung über den Überfall informiert wurden, gingen einige Tage ins Land. Erstaunli-
cherweise war nicht eines der Geschäfte mit den
höchsten Umsätzen überfallen worden, sondern ein
Tattoostudio. Die Kriminalpolizei bat um Verständnis,
dass sie aus ermittlungstaktischen Gründen keine weiteren Angaben machen konnte.
Nachdem Ria Ralf diesen Artikel beim Frühstück vorge-
lesen hatte, sagte Max sofort: "Hier geht es um mehr
als schnelles Geld! Höchstwahrscheinlich hat der Überfall mit Drogen zu tun!"

Miraculus fragte: "Woher weißt du das schon wieder?
Gib es endlich zu, du warst einige Jahre kriminaltechni-
scher Berater der Kripo!" Ria, Ralf und Max lachten
sich über diese Bemerkung halbtot!
Max sagte: "Logisch denken hat er immer noch nicht
gelernt!"
Am übernächsten Tag erfuhren Max und Miraculus
noch etwas Erstaunliches von Ria. Kommissar König
hatte sich wieder bei ihr gemeldet und einige interessante Details berichtet, die natürlich nicht in der Tageszeitung standen.
Ria sagte zu Ralf: "Ich habe Kommissar König von der
Theorie von Max berichtet, dass es nicht nur um die
Einnahmen des Tattoostudios ging, sondern vielleicht
noch um mehr, wie zum Beispiel um die Bezahlung
von Drogen. Der Kommissar bestätigte diese Theorie,
und sie haben sogar schon Tatverdächtige, denn das
Studio wurde bereits seit vier Wochen überwacht. Jetzt
kommt aber noch etwas ganz Lustiges: "Von den zwei
Piloten, welche im Polizeihubschrauber saßen, und die
Verbrecher suchten, hat sich der Copilot um mehr zu
sehen aus dem Fenster gebeugt und nach unten geschaut. Durch den starken Wind wurde ihm seine
Goldkette, die er stets um den Hals trug, vom Wind
davon geweht, und sie fiel hinunter in den Wald. Weil
er die wertvolle Kette unbedingt wiederfinden wollte,
bat er den Piloten ganz tief zu fliegen. Das war die Situation, als sich Max und Miraculus durch den Hubschrauber verfolgt fühlten.
Max sagte: "Jetzt ist mir alles klar! Miraculus und ich
hatten schon gedacht, dass sie uns als Täter verdächti-

gen. Aber das ist ja abstrus, denn ich habe noch nie gehört, dass Katzen Überfälle machen!"

Dann trennten sich die Wege von Max, Miraculus, Ria und Ralf. Die beiden Katzen machten ihren täglichen Mittagsspaziergang und Max lotste sie Richtung Wäldchen. Miraculus fragte: "Warum hast du diesen Weg eingeschlagen. Ich dachte, du willst zum Angelsee?" "Nein, ich wollte in diese Richtung, denn ich habe heute Nacht, als ich nicht schlafen konnte, eine tolle Idee bekommen. Du weißt ja, dass Ria nächste Woche Geburtstag hat. Als sie Ralf vorhin die Geschichte von dem Copiloten berichtet hat, ist mir ein Lichtblitz gekommen. Wir beide sollten das Wäldchen durchsuchen. Wer weiß, nachher finden wir zwei Katzendetektive die teure Kette des Copiloten, und schon haben wir ein herrliches Geschenk für Ria." "Super Idee!", sagte Miraculus, "auf diesen Gedanken wäre ich nicht gekommen!"
Und schon waren sie am Ort des Geschehens und kontrollierten zunächst alle Wege, die durch das Wäldchen verliefen. Danach versuchten sie die Richtung zu bestimmen, aus welcher der Hubschrauber gekommen war, und fragten sich, ob an diesem Tag ein ruhiger oder ein kräftiger Wind geweht hatte, um die Windabdrift zu berechnen. Bedingt durch das Gewicht der Kette, schätzten sie die Abdrift der Kette auf fünf bis zehn Meter. Sie gingen deshalb von den Wegen tiefer in den Wald hinein, wo sie die Baumkronen absuchten, ob etwas golden funkelte. Nach dem gefühlt hundertsten Baum sahen sie etwas glitzern und Max, der Kletterer,

war in Windeseile oben.

Tatsächlich erfüllte sich ihr Herzenswunsch und Max kam mit einer schweren goldenen Kette vom Baum herunter. Miraculus hüpfte vor Freude im Dreieck. Max beruhigte ihn und sagte: "Wir dürfen Ria nicht sagen, wo wir die Kette gefunden haben. Sonst kommt sie noch auf die Idee dem Copiloten die Kette zurückzugeben. Wir sagen einfach, wir hätten die Kette vor dem Apfelbaum gefunden, wo ihr Großonkel seinen geliebten Hund begrabenen hat. Wir sagen Ria, dass wir die Kette gefunden haben, nachdem wir ein Mauseloch aufgewühlt hatten. Es könnte ja eine Grabbeigabe des Onkels an seinen Hund gewesen sein. Dann freut sich Ria über die Kette und zieht sie auch an!"

Miraculus fragte: "Ich würde diese Geschichte jetzt fast als Lüge bezeichnen. Unter welchem Begriff würdest du sie einordnen?"

Max antwortete : "Das ist nur eine Notlüge. Würdest du zu deiner hübschen Katzenfreundin sagen, dass sie grässlich aussieht. Du würdest doch sicher sagen, dass sie ganz bezaubernd aussieht, und du sie liebst!"

Miraculus machte "hm,hm,hm" und ernannte Max zum Oberdiplomaten!

Kapitel 18
Rias Geburtstag

Max und Miraculus wachten auf und blinzelten sich ihre Augen vom "Schlafmännnchensand frei".
Die Sonne schien und ließ auf einen schönen Tag hoffen. Miraculus dachte zuerst daran: "Heute hat Ria Geburtstag, hurra!!! Ich bin sehr gespannt, ob ihr unser Geschenk gefällt."
"Da bin ich sicher!" sagte Max.
"Frauen lieben Schmuck!"
Sie hörten im Erdgeschoss schon Stimmen, was bedeutete, dass Ria und Ralf bereits aufgestanden waren. Max und Miraculus schlichen die Treppe hinunter, so leise, dass sie nicht knarzte, gingen zum Wintergarten und sagen auf kätzisch "Happy birthday to you !"
Ria und Ralf saßen am Tisch und Ria bewunderte die tolle Lederjacke, die Ralf ihr geschenkt hatte. Sie saß wie angegossen und war aus einem exquisiten dicken Leder.
Miraculus hatte gestern im Garten ein buntes Geschenkpapier gefunden, das höchstwahrscheinlich von einem Nachbargarten herüber geweht worden war. Er hatte es zwischen die Zähne genommen und gemeinsam mit Max hatten sie die Kette eingepackt. Max hatte ein größeres Gebiss, und deshalb hatte er sie im Maul und legte sie vor den Füßen von Ria ab. Sie bückte sich und wickelte das Paket auf. Dann entfuhr ihr ein lauter Freudenschrei.

"Das ist ja unglaublich, was mir die Katzen geschenkt haben. So eine wertvolle Kette habe ich noch nie bekommen! Herzlichen Dank, ihr zwei Kavaliere, sie ist wunderschön!" sagte sie zu Max und Miraculus. Ralf reckte den Hals und begutachtete das teure Stück. Dann sagte er zu Ria: "Wo haben die Katzen nur diese Kette her, so eine wertvolle Kette bekommst du in unserer ganzen Stadt nicht!"

Ria lachte und sagte: "Du wirst doch hoffentlich nicht eifersüchtig auf die Katzen werden. Wahrscheinlich sind sie mit dem Zug nach Baden-Baden gefahren und haben dort im besten Geschäft am Platze die Kette erworben."

"Mit welchem Geld bitte?" fragte Ralf. Ria gab ihm den Ratschlag, doch einmal in seiner Brieftasche nachzuschauen, ob seine Bank- und Kreditkarten noch da waren, oder ob die Katzen sie für Baden-Baden herausgeholt hatten.

Ralf machte ein griesgrämiges Gesicht über Rias Späßchen, und hätte sie heute nicht Geburtstag gehabt, wäre er den ganzen Tag so beleidigt wie eine Leberwurst gewesen.

Kapitel 19
Gespiegelte Wahrheit

Gestern Abend konnten Max und Miraculus erst spät nach Hause kommen, denn ein vorzeitiger intensiver Aprilschauer versperrte ihnen den Weg. Denn nichts hassen Katzen mehr als ein völlig durchnässtes Fell! Als der Sturm kurz vor Mitternacht etwas nachließ, rannten sie nach Hause und hofften, dass Ria und Ralf um diese Uhrzeit noch nicht im Bett waren. Sie hatten Glück, denn die beiden waren durch einen Agenten-thriller an den Fernseher gefesselt.

Sie säuberten die schmutzigen Füße der Katzen und trockneten ihnen das Fell mit einem Handtuch, auf dem kleine Katzen abgebildet waren.

So kamen die beiden erst nach der Geisterstunde in ihren Katzenkorb und schliefen entsprechend gut und lange. Als sie am Morgen aufwachten, waren Ria und Ralf schon aufgestanden und hatten sogar den elektri-schen Rollladen im Schlafzimmer geöffnet, so dass die Morgensonne herein schien. Die beiden verließen ihren Korb und widmeten sich einer ausführlichen Morgen-gymnastik.

Da sie vor den Spiegeln des großen Schlafzimmer-schranks standen, schauten beide Katzen genau hin, ob ihre Fitness inzwischen so gut war, dass sie sich zur Wahl des "Catman Universe" anmelden konnten. Doch ein paar Muskelpakete fehlten anscheinend noch. Doch sie sahen im Spiegel etwas anderes: Sie sahen zwei

Katzenmänner, die einander unheimlich ähnlich sahen! Miraculus sagte zu Max: "Vor einiger Zeit hast du einmal zu mir gesagt, dass ein Spiegel mir die Wahrheit offenbaren wird. Ich sehe neben mir einen Freund, der vom Aussehen her mein Bruder sein könnte. Hast du damals diese Wahrheit gemeint, die ich im Spiegel finden würde. Aber warum hast du das alles damals schon gewusst?"

Max antwortete ehrlich: "Das ist eine Frage, die ich dir nicht vollständig beantworten kann. Es ist einfach so, dass ich gewisse Dinge spüre, die entweder so lange in der Vergangenheit zurückliegen, dass sich die meisten daran nicht mehr erinnern können, oder dass es sich um Ereignisse handelt, welche erst in der Zukunft stattfinden werden, ich aber spüre, wie sich irgendetwas entwickeln wird. Die Trefferquote ist nicht immer 100%, aber nahe daran!"

Max sagte: "So, für heute ist genug philosophiert, sonst denken Ria und Ralf noch, dass wir die Schlafkrankheit hätten. Sie sausten die Holztreppe nach unten und begrüßten die beiden mit Schnurren. Anschließend widmeten sich Max und Miraculus mit großem Appetit ihrem Frühstück.

Kapitel 20
Philosophisches Geplänkel

Max und Miraculus machten sich auf den Weg zu ihrem Stammtisch, als Miraculus Max fragte: "Hast du Lust noch ein wenig mit mir zu philosophieren. Wir haben jetzt noch ein Viertelstündchen Weg vor uns, das ist die ideale Zeit um über Geschehnisse zu sprechen. Zu kurz ist nichts, aber zu lang ist viel schlimmer, denn dann verheddert man sich in einem "Gedankenwirrwarr." Max lachte und sagte: "Allein diese Einsicht ist ja schon Philosophie pur! Mein lieber Freund und Bruder schon für diese Aussage bekommst du von mir einen Gutschein für 13 Fragen, allerdings ohne Garantie auf richtige Antworten!"
Miraculus bedankte sich und fragte gleich los: "Woher wusstest du, dass ich dein Bruder bin?"
Max antwortete: "Jetzt hast du eine Frage vergeudet, dabei hättest du sie dir selbst beantworten können. Haben wir nicht gemeinsam in den Spiegel geschaut und die Ähnlichkeit zwischen uns erkannt." Ein missmutiger Blick streifte Max.
Miraculus sagte: "Über meine nächste Frage muss ich etwas länger nachdenken, sonst habe ich sie wieder verdummt. Was ist der Unterschied, dass du mein Bruder bist anstatt mein Freund?"
Max sagte: "Jetzt hast du mir aber eine schwierige Frage gestellt! Es gibt viele Fälle, in denen sich die "Blutsbande" nicht bewährt haben, das war schon so im Al-

ten Testament, als sich Kain und Abel bekriegten. Aber es gibt auch viele Beispiele dafür, dass sich Mütter um ihre Babys und Kinder sorgen, und lieber ihr Leben riskieren als das ihres Nachwuchses. Vielleicht ist die beste Kombination einer Beziehung Verwandtschaft und Freundschaft, was sich allerdings in einer Liebesbeziehung zum anderen Geschlecht beim Menschen nicht verwirklichen lässt, da die Gefahr von Erbkrankheiten zu hoch ist."

Miraculus lachte: "Sind wir dadurch den Menschen einen Schritt voraus?"

Max sagte: "Das weiß ich nicht! Aber ich weiß eines ganz genau, dass wir bald Frühling haben, und dass wir in einem Alter sind, in dem wir die Augen nach hübschen Katzenmädchen aufsperren sollten, denn solche Gene wie unsere dürfen nicht untergehen. Am besten suchen wir uns zwei Schwestern, welche die gleichen Allüren haben, dann können wir uns austauschen, sollten wir mit den Mädels mal Probleme haben!"

Miraculus stimmte zu und schon sahen sie von weitem den Angelsee, und damit wurde das philosophische Geplänkel auf einen anderen Tag verschoben.

Kapitel 21
"Dicke" Luft am Angelsee

Wieder einmal empfing sie am See ein lautes Katzenpalaver. Alle waren aufgeregt und miauten durcheinander, so dass nichts zu verstehen war. Max griff sich den ersten, der vor ihm stand, und fragte: "Was ist heute passiert?"

Dieser antwortete: "Die Zwillinge von Josie und John wurden entführt oder sind eigenfüssig verschwunden."

"Wie konnte das passieren?" fragte Max. Bob antwortete: "Bei seiner Familie ist Tag und Nacht das Toilettenfenster offen, und die kleinen Katzen können kommen und gehen, wie sie wollen. Die Eltern dachten, dass die Zwillingsmädchen schon im Freien sind um zu spielen, da die Sonne so schön warm schien. Nachdem sie aber den ganzen Garten inspiziert und nach den Mädchen gerufen hatten, und niemand kam, sind sie in Sorge geraten. Nun haben sie uns gefragt, was sie machen könnten, und wir sind noch auf keinen Nenner gekommen."

Max fragte weiter: "Haben die Leute von Josie und John einen großen Garten mit vielen Verstecken oder ist er gepflegt und leicht zu überblicken? "

Bob antwortete: "Was John bisher berichtet hat, ist es eher, vorsichtig ausgedrückt, ein Naturgarten!"

Jetzt wusste Miraculus die Lösung! Er rief den ganzen Stammtisch zusammen und befahl: "Wir laufen jetzt gemeinsam zu Josie und John und kämmen den Garten durch. Ich garantiere euch, dass wir die Mädels mit Si-

cherheit finden ."
Die Stimmung schlug um und alle waren wieder voller Hoffnung. Nach einer Viertelstunde standen sie vor einem kleinen "Urwald" und suchten nach Einlassmöglichkeiten. Da der einstige Maschendrahtzaun an vielen Stellen kaputt oder verbogen war, war der Einstieg einfach. Am Ende des Gartens lag ein ziemlich verrottetes Gartenhäuschen nebst einer Gerätehütte. Die Türe des Gartenhauses war geschlossen, doch die Gerätehütte stand offen. Während die Mehrzahl der Stammtischkatzen alle Hecken, Büsche und andere Verstecke durchsuchten, gingen Max und Miraculus in die Gerätehütte und riefen laut nach den Zwillingen. Doch kein Stimmchen war zu hören.
Miraculus sagte: "Vielleicht sind die Mädchen vor lauter Aufregung eingeschlafen. Er hämmerte mit seiner Pfote massiv gegen die Trennwand von Garten- und Gerätehütte. Plötzlich hörte man ein zartes und hilfloses "Miau". Die Eltern waren total froh, dass ihre Töchter noch lebten und nicht entführt worden waren, denn sie waren zwei wahre Schönheiten von Siamkatzen. John sagte immer: "Ganz der Papa!"und bekam dann von Josie eins auf die Nase.
Doch noch war das Problem, die Katzen aus der Gerätehütte herauszubekommen, nicht gelöst.
Miraculus entdeckte ein loses Brett, das oben nur noch an einem Nagel hing. Mit seinen geschickten Pfoten schob er es nach rechts und links und plötzlich war es so leichtgängig, dass der Spalt genügte, dass die zwei Mädchen durchschlüpfen konnten. Die Wiedersehensfreude war riesig, und die glücklichen Eltern nahmen

ihre Zwillinge mit zum Stammtisch, wo die geglückte
Rettung ordentlich gefeiert wurde!

Kapitel 22
Neue Füße!

"Das war heute aber ein phänomenaler Tag, denn alle waren "total aus dem Häuschen", nachdem deine Rettungsaktion so toll geklappt hat!" sagte Max.
"Spürsinn gepaart mit Glück, gibt immer ein Stück!" sagte Miraculus mit einem dicken Grinsen im Gesicht. "Nur eines stimmt noch nicht ganz, die Zwillingsmädchen, welche du in deinen Träumen für uns vorhergesehen hast, kommen mir ziemlich jung vor!"
Max lachte: "Ich sagte nicht, dass wir sie gleich am nächsten Tag kennenlernen werden. Wir können geduldig noch so lange warten, bis wir zwei Mädchen in unserem Alter finden. Außerdem wären die zwei Siamkätzchen nicht ganz nach meinem Geschmack. Sie sind sehr hübsch, aber auch sehr elitär, und sie bestehen darauf, dass du sie den ganzen Tag wie eine Göttin anbetest. Mir wäre eine Freundin lieber, welche in gewisser Weise auch mein Kumpel ist, mit dem man Pferde stehlen kann, auch wenn es nur Zwergponys sind. Schau dir doch nur einmal Ria und Ralf an, die beiden lieben und vertrauen sich schon Jahrzehnte lang, aber manchmal benehmen sie sich auch wie zwei Kumpel."
Jetzt lachte Miraculus!
Er sagte: "So kommen wir ins Geschäft! Die Menschen sagen immer: "Gut Ding muss Weile haben!" Ich sage: „Dass gut Katz braucht Zeit und Platz!"
Und so wanderten Max und Miraculus die nächsten Tage und Wochen stets bei ihren Unternehmungen mit

offenen Augen durch die Welt, ihre Blicke wurden ver-
mehrt den Katzendamen zugeworfen.
Sie wandelten sozusagen auf Freiersfüßen!

Kapitel 23
Die Zahnbürste

Max und Miraculus waren am Freitagnachmittag beim üblichen Katzenstammtisch am Angelsee gewesen. Gemächlich liefen sie zurück nach Hause, als ihnen eine hübsche junge Frau entgegenkam, welche zwei Katzendamen dabei hatte, welche etwa zehn Meter vorausliefen. Max und Miraculus begrüßten sie sehr freundlich und hatten Gelegenheit, sich längere Zeit mit ihnen zu unterhalten, da die Katzenfreundin sich am Zaun mit einem Ehepaar unterhielt, das gerade seine Haselnussbüsche zurückschnitt. Die Kätzinnen hießen Emma und Erna. Sie fragten Max und Miraculus, ob sie erst vor kurzem hierher gezogen wären, da sie diese noch nie gesehen hatten.
Max erklärte: "Ich wohne schon sechs Jahre hier bei Ria und Ralf, aber mein Zwillingsbruder Miraculus ist erst vor einigen Monaten zu mir gezogen."
Da Emma und Erna sehr hübsch, intelligent und interessant waren, berichtete Max über den Katzenstammtisch, der immer am Freitagnachmittag stattfand, und lud die beiden ein, einmal unverbindlich vorbeizukommen. Die beiden freuten sich und sagten zu. Beim weiteren Nachhauseweg rätselten Max und Miraculus, ob die beiden Mädchen wirklich einmal kommen würden. Man merkte beiden an, dass sie sich darüber freuten.

Zu Hause gab es eine Überraschung, denn Ria und Ralf waren einkaufen gewesen und hatten nicht nur an sich gedacht, sondern vor allem auch an die Katzen. Sie hatten ihnen größere Vorräte eingekauft, bei denen sich auch eine außergewöhnlich teure und schmackhafte Sorte befand. Diese durften sie heute testen, da sie am frühen Morgen, nachdem Ria sie um fünf Uhr in den Garten entlassen hatte, pünktlich um acht Uhr wieder zurück waren. Sie waren wie zwei Teufel durch den Garten gerannt, als Ria ihnen um acht Uhr gerufen hatte. Ralf war auch schon im Wintergarten, und hatte ihren Spurt mit dem Handy aufgezeichnet, denn kein Mensch würde jemals glauben, dass Katzen auf Zuruf Folge leisten. Das gibt es sonst nur bei der hündischen Liebe und zeigt, welches Verhältnis Max und Miraculus zu Ria und Ralf hatten.

Als Ria und Ralf am Abend diesen Tages um 23 Uhr zu Bett gingen, blieben Max und Miraculus im Wintergarten in ihrem Korb liegen. Da die Nächte selbst im April noch sehr kalt wurden, kamen die beiden manchmal des Nachts hoch ins Büro, wo sie in einem weiteren Katzenkorb eine bequeme und wärmere Nachtunterkunft fanden.
Doch heute hatten Ria und Ralf sehr schlecht geschlafen, denn plötzlich gegen zwei Uhr in der Nacht hörte Ria Geräusche, welche denen eines Bohrers oder einer leisen Bohrmaschine ähnelten. Sie weckte Ralf und sagte: "Was sind das für Geräusche? Könnten das Einbrecher sein?"
Ralf antwortete: "Nein, das glaube ich nicht. Die Geräusche kommen aus dem Bad!" Er betätigte die Toilettenspülung, die manchmal hängen blieb, aber meist

anders klang. Plötzlich sah er die elektrische Zahnbürste, die am Rand des Waschbeckens stand. Sie fing an zu tanzen, und zum Glück fiel sie nicht in das Waschbecken, denn ein Sturz dort hinein hätte es beschädigen können. Sie verursachte das bohrende Geräusch, und ein unsichtbarer Geist hatte ihr wohl Leben eingehaucht. Sie wollte gar nicht mehr still stehen. Ralf schaute sie sich an und betätigte den Schalter auf "Aus". Nun war Ruhe!

Ralf legte sich wieder ins Bett.

Zwei Stunden vergingen, dann war das Geräusch lauter als zuvor. Die elektrische Zahnbürste hatte sich erneut selbstständig eingeschaltet. Nun schaute Ralf genauer nach und entdeckte, dass sich im Gummi des Schalters ein kleines, fast nicht sichtbares Loch befand. Höchstwahrscheinlich war an dieser Stelle Wasser eingedrungen und hatte so die Maschine in Gang gesetzt. Er entfernte den Gummischalter, wickelte die Zahnbürste in mehrere Handtücher und hoffte erneut auf Schlaf. Wiederum eine Stunde später hörte man das Geräusch erneut. Doch zwischenzeitlich waren die zwei Kater, denen es im Wintergarten zu kalt geworden war, hochgekommen, und hatten es sich im Büro in ihrem Katzenkorb bequem gemacht. Da Katzen besonders gute Ohren haben, erschraken die beiden so sehr, dass sie in Panik die Holztreppe wieder hinab rannten. Sie hatten weder Futter noch Wasser zu sich genommen. Sie wollten nur noch heraus aus diesem Geisterhaus! Ria konnte sie nicht überzeugen noch ein paar Stündchen im Haus zu bleiben, auch wenn sie ihnen das beste Futter versprach.

So hatte die Zahnbürste fast schon Tierquälerei begangen!

Kapitel 24
Emma und Erna

Schon einige Male waren Max und Miraculus am Freitagnachmittag beim Stammtisch am Angelsee gewesen, ohne dass Emma und Erna aufgetaucht waren. Es war lustig die beiden Katzenmänner zu beobachten, denn hätte einer der Anwesenden sie genau im Auge behalten, wäre ihm aufgefallen, dass die beiden stets sehr nervös ihre Hälse drehten, wenn neue Gäste kamen. Doch nach vier Wochen sahen sie plötzlich die Katzenmädchen den Weg entlanglaufen. Sie kicherten. Max und Miraculus hätten gerne gewusst, worüber sie sich unterhalten und gelacht hatten.

"Hoffentlich nicht über uns zwei "Potenzbomben", sagte Max. Sie setzten sich neben die beiden und begrüßten sie. Sie berichteten, dass sie schon letzte Woche hatten kommen wollen, doch das war nicht möglich, da bei Ihnen zu Hause der Teufel los gewesen war. Bei ihren Menschen war eingebrochen worden, und die Polizei war mehrmals gekommen um Spuren zu untersuchen und eventuell auch DNA zu finden. Heidi und Hans hatten viele Originalgemälde von berühmten Künstlern mit Katzenmotiven in ihrem Haus, welche die Diebe mitgenommen hatten.

Der Schaden war im fünfstelligen Bereich und ihre Katzenfreunde, Heidi und Hans, fühlten sich von der Polizei nicht besonders gut betreut. Hans hatte den Eindruck, dass es ihnen schon zu lästig war sich Notizen zu machen, denn sie forderten eine Liste von Hans und

Heidi mit Kaufquittungen, auf denen der Künstler den Namen des Bildes als auch den Preis vermerkt hatte. Die Versicherung, der sie den Schaden gemeldet hatten, wusste das Übliche! Sie schrieben, dass die beiden unterversichert waren, und deshalb nur einen geringen Teil ihres Schadens ersetzt bekämen. Hans sagte zu Heidi: "Alle Versicherungen sind gleich verlogen! Wenn es beginnt zu regnen, sammeln sie die Regenschirme ein, die sie vorher großzügig verteilt haben! Max sagte zu den beiden Katzenmädchen: "Unsere Freunde, Ria und Ralf, hatten vor ein paar Jahren einen ähnlichen Fall, doch damals war noch ein gewisser Herr König Hauptkommissar bei der Kripo. Dieser Mann war ehrgeizig und fleißig und sorgte sich um das Wohl der Menschen, welche bestohlen worden waren oder körperliches Leid hatten ertragen müssen. Er kümmerte sich bestens um die beiden. Er hatte sogar Kenntnisse über die hiesige Hehlerszene und brachte ihnen ihre Schätze zurück. Leider ist dieser gute Mann nun in Rente , doch die drei sind immer noch miteinander befreundet. Kommissar König hat seit seiner Pensionierung eine kleine Detektei eröffnet und hilft Personen, die sich von der Polizei vernachlässigt fühlen. Erzählt das mal bitte euren Freunden. Sie können sich ja einmal miteinander treffen und bei einem Glas Wein über alles sprechen." Emma und Erna fanden diese Idee gut, wollten aber zunächst einmal mit ihren Freunden darüber sprechen, ob ihnen dieser Vorschlag gefallen würde.

Kapitel 25
Das neue Versteck

Heute morgen beim Frühstück war Miraculus sehr langsam. Das lag einmal daran, dass er mit Ria zur Begrüßung sehr lange schmuste, und danach ganz genüsslich sein Frühstück verzehrte.

Max wollte dagegen möglichst schnell weg aus dem Wintergarten, denn er spürte ein tierisches Bedürfnis. Da er miaute, entließ ihn Ria alleine, denn Miraculus stand noch vor seinem Katzenbecher.

Nachdem Max seine geschäftlichen Angelegenheiten erledigt hatte, stand Miraculus immer noch im Wintergarten und futterte.

Max überlegte, was er früher alles alleine unternommen hatte, als Miraculus noch nicht bei ihnen war. Aus alter Gewohnheit raste er mit einem Affenzahn den Stamm des alten Nussbaums empor, und kletterte genüsslich in ihm herum. Ziemlich hoch oben hatten Ria und Ralf einen Falkenhorst installiert, weil die Falken in den vergangenen Jahren in der Nähe des eigenen Grundstücks, in einem Mammutbaum, ein Nest in Besitz genommen und dort ihre Jungen ausgebrütet hatten. Ria und Ralf hofften, dass die Jungvögel den neuen Horst in Besitz nehmen würden, sobald sie geschlechtsreif wären. Doch leider hatten sie das schön gezimmerte Falkenhaus gemieden. Max hatte es bis heute noch nie erkundet. Da er nun alleine unterwegs war, war das die Gelegenheit! Er zwängte sich hinein und bemerkte, dass er von dort oben eine wunderbare

Aussicht auf die angrenzenden Gärten und Grundstücke hatte, aber besonders gut den Wintergarten im Auge behalten konnte. Er sah, wie Miraculus seinen Becher leer gegessen hatte, erneut zu Ria ging und mit ihr schmuste. Ein kleiner Anflug von Eifersucht stach Max ins Herz, und er fragte sich, ob Miraculus von der Fresssucht beseelt worden war, oder sich lieb Kind machen wollte.

Max schlug seine Pfoten unter und nahm eine bequeme Position ein. Er rechnete damit, dass es noch eine längere Zeit etwas zu beobachten gäbe. Doch Ria mit ihrem scharfen Adlerblick, machte ihm einen Strich durch die Rechnung, denn sie öffnete die Türe und suchte den Garten nach Max ab. Sie konnte ihn nirgends entdecken. Doch sie gab nicht auf. Da sie wusste, dass er ein perfekter Kletterer war, suchte ihr Blick alle Bäume im Garten ab. Schließlich blieb dieser im Walnussbaum hängen, und sie erkannte seine funkelnden Augen.

Sie rief Ralf zu sich und zeigte mit dem Finger auf das Falkenhaus, in dem er saß.

So wurde sein neues Versteck und ein exzellenter Beobachtungsposten an alle verraten. Das ärgerte ihn sehr, doch er nahm sich vor, sich nichts anmerken zu lassen!

Kapitel 26
Beim Kaffeeklatsch

Als Max und Miraculus am Freitagnachmittag beim Stammtisch erschienen, staunten sie nicht schlecht, denn ihre verehrten zwei Mädels waren schon da. Emma und Erna hatten Heidi und Hans, ihren Freunden und Ernährern, von ihrer Begegnung mit Max und Miraculus berichtet, und dass ihre Menschen, Ria und Ralf, sie zu einem Nachmittagskaffee einladen würden, um ihnen beim Diebstahl ihrer Wertgegenstände helfen zu können, denn sie waren mit einem ehemaligen Kripokommissar befreundet, der sich, nachdem er in Rente gegangen war, mit einer kleinen Detektei selbstständig gemacht hatte. Ria arbeitete manchmal mit Karl zusammen. Einmal waren sie sogar wegen einer Entführung einer Katze in die Schweiz gereist und fürstlich entlohnt worden.*

Die übliche Besuchszeit für Nachmittagsgäste war bei Ria und Ralf 16 Uhr, das wussten Max und Miraculus, und deshalb schlugen sie diesen Termin vor. Zwei Tage später erschienen Heidi und Hans pünktlich zur Kaffeezeit.

Sie waren mit Geschenken bepackt: einem riesigen blauen Hortensienbusch, einer Flasche Sekt und einer Kristallplatte, auf der kleine Petit Four die Feinschmecker anlachten.

*Kim Walter: „KCK Die Spürnasen Connection"
 Katzenkrimi 2018

Ria und Ralf führten sie in den Wintergarten, wo sie Max und Miraculus zum ersten Mal sahen.   Hans sagte: "Jetzt ist mir klar, warum Emma und Erna so sehr von den beiden geschwärmt haben."
Dann ließen sie sich Kaffee und Kuchen schmecken, denn auch Ria hatte noch einen Käsekuchen gebacken, der sehr viel Lob bekam.
Auch die kleinen Leckereien von Heidi und Hans kamen sehr gut an, und als die Kaffeetafel aufgelöst wurde, lagen nur noch Brösel auf den Platten. Mit dem mitgebrachten Jahrgangssekt wurde geprostet, und sie boten sich das "Du" an. Anschließend berichteten Heidi und Hans von dem Diebstahl und Ria fragte sie, welche Leute in den letzten drei Monaten ihr Haus betreten hatten. Sie schlug vor, dass sich beide zu Hause Notizen machen sollten, welche Handwerker ins Haus gekommen waren, wie zum Beispiel Kaminfeger, Stromableser, Zeitungszusteller oder auch andere Besucher.
Ria sagte: "Wenn wir uns das nächste Mal treffen, kann ich euch unseren Freund, Kommissar König, vorstellen. Wenn ihr euch schon ein paar Gedanken gemacht habt, ist er schneller und damit auch günstiger."
Danach wurde dieses Thema ad acta gelegt und weiter gefeiert. Es gab genügend Gesprächsstoff, da ihre Interessen ziemlich gleich gelagert waren, allem voran die Liebe zu Katzen. Ralf sagte: "Wenn ihr uns das nächste Mal besucht, dann bringt doch bitte Emma und Erna mit. Unsere zwei Burschen sind sehr enttäuscht, dass sie heute nicht dabei sind."
Heidi lachte und sagte: "Die zwei Mädchen waren wie

die Kletten und wollten unbedingt mitkommen.
Hätte ich gewusst, dass ihr nichts dagegen habt, wären sie jetzt hier. Falls ihr aber das nächste Mal zu uns kommen wollt, bitten wir euch Max und Miraculus mitzubringen."
Ralf ging in den Keller und holte noch eine weitere Flasche Sekt und so wurde bis 21 Uhr gefeiert. Dann brachen die beiden auf nach Hause, denn sie waren sicher, dass die Katzenmädchen sich schon beklagen würden, dass das Abendessen erst so spät stattfand.

Kapitel 27
Karl König mischt mit!

Heidi und Hans wollten Ria und Ralf für das nächste Wochenende zu sich einladen, doch Ria, die mit Heidi telefonierte, bat die beiden nochmals zu ihnen zu kommen, da Karl König sich am liebsten auf bekanntem Terrain aufhielt. Ria erinnerte nochmals an die Liste der Besucher und fragte, ob Heidi und Hans Tagebuch führten, denn dann wäre die Liste sicherlich vollständiger als aus der Erinnerung. Glücklicherweise waren sich die Paare auch in diesem Punkt ähnlich, und notierten täglich die wichtigsten Ereignisse oder die schönsten Erlebnisse, welche sehr oft mit den Katzen zu tun hatten. Der Sonntag des Besuchs kam, und das Wetter spielte mit. Ein herrlicher blauer Himmel mit viel Sonnenschein lud zu einem Kaffee im Garten ein. Ria und Ralf hatten im hintersten Eck des Gartens, wo er am wenigsten einsehbar und abhörsicher war, eine wunderschöne Kaffeetafel aufgestellt, wieder einmal mit herrlichen Leckereien, die dieses Mal nicht süß, sondern würzig und pikant waren: Quiche Lorraine, Blätterteigstangen mit Huhn oder Schafskäse gefüllt samt kleiner türkischer Spezialitäten wie gefüllter Oliven und eingelegter Käsevariationen.
Aber auch ein Bienenstich stand parat, denn Karl griff eher bei "süßen Verführungen" zu.
Nach einem kurzen Bericht über den Diebstahl der kostbaren Bilder gab Heidi Karl die Liste der Besucher

mit. Karl überflog sie und fragte nach, für wie vollständig Heidi und Hans diese Liste hielten.

Hans antwortete : "Ich schätze, dass wir 90% der Besucher über unser Tagebuch erfasst haben. In den meisten Fällen habe ich sogar die Namen der Handwerker
notiert, außer beim Briefträger und Paketausfahrer,
welche sowieso jedes Mal wechseln.

Karl sagte: "Das ist schon mal eine enorm gute Leis-
tung, es gibt Menschen, die bringen noch nicht einmal
50% auf eine Liste, wenn sie sich erinnern müssen. Ich
werde sie zu Hause in mein geheimes Programm ein-
geben, das ich "Schwarze Liste" genannt habe. Vielleicht erzielen wir einen Treffer! Was uns noch sehr helfen könnte, wären einige Fotos vom Außenbereich eu-
res Hauses wie zum Beispiel Zäune und Einfriedungen,
die Garagen oder eventuelle Hintereingänge. Habt ihr
oder die Polizei nach dem Einbruch die Stelle entdeckt,
wo die Einbrecher auf das Grundstück kamen?"

Hilde und Hans schauten sich entgeistert an und sagten wie aus einem Mund: "Danach hat die Polizei weder geschaut noch gefragt. Es sind jetzt zwar einige
Wochen vergangen, so dass wir keine Spuren mehr erkennen können, aber eventuell lernen wir dadurch die
Schwachpunkte des Grundstücks kennen. Bitte kommen Sie doch auch einmal bei uns vorbei und schauen
Sie sich alles in Natura an. Wir merken jetzt schon,
dass sie die Angelegenheit ganz anders angehen als
die Polizisten, die bei uns waren!"

Karl lachte und antwortete: "Eine Erfahrung von 50
Jahren kann natürlich kein junger Beamter im Alter von
20 oder 30 Jahren haben. Das ist einer der wenigen

Vorteile, welche graue Wölfe vor den Welpen haben!"
Gelächter und Applaus begleitete das Ende der Rede
von Karl. Trotz seiner Abneigung fremdes Gelände zu
betreten, versprach Karl gelegentlich bei Heidi und
Hans vorbeizukommen um alles mit seinem strengen
Blick zu prüfen.
Einige Stunden waren die Katzen verschollen gewesen,
denn Max und Miraculus hatten den Damen das Gelände und sämtliche Verstecke gezeigt. Jetzt schienen alle
hungrig geworden zu sein, denn Max und Miraculus
führten Emma und Erna in die Küche, wo sie gemeinsam vor dem Kühlschrank ein "Hungerlied" sangen.
Doch bevor Ria alle vier Katzen fütterte, packte Heidi
ihre zwei Mädels, und sie gingen zurück nach Hause,
nicht ohne sich auf das Herzlichste für die Leckereien
zu bedanken, als auch Karl Dank für seine guten Rat-
schläge zu zollen.

Kapitel 28
Die Begutachtung

Karl König war am Vormittag zu einem Sektempfang eines ehemaligen Kollegen eingeladen, der seinen 70. Geburtstag feierte.

Da Ria und Ralf nur drei Kilometer von diesem entfernt wohnten, entschloss er sich nach der Feier bei ihnen vorbei zu schauen. Er machte dies ohne telefonische Anmeldung, um dem Besuch keine größere Bedeutung zu schenken, damit Ria nichts einkaufen oder vorbereiten musste. Sollten sie nicht zu Hause sein, würde er in der Nähe ihres Hauses, das sich inmitten von Feldern und Kleingärten befand, einen schönen Spaziergang im Grünen machen.

Doch sie waren zu Hause und spielten mit Max und Miraculus im Garten. Sie freuten sich sehr über den Besuch, und als sie hörten, dass Karl bereits bei einem Sektempfang gewesen war, holten sie eine gekühlte Flasche Sekt aus ihrem Kühlschrank.

Sie meinten, dass ein weiteres "Gläschen in Ehren" einen ehemaligen Polizisten nicht betrunken machen könnte.

Als sie im Garten saßen, klingelte Rias Handy. Am Apparat war Heidi, die, als sie hörte, dass Karl zu Besuch bei ihnen war, darum bat, dass er doch noch kurz zu ihnen kommen möge, denn sie hatte einige Dutzend Bilder vom Garten als auch von Handwerkern und ihren Arbeiten geschossen, welche sie ihm mitgeben wollte.

Karl sagte zu, dass er nach seinem Besuch bei Ria und Ralf noch kurz vorbei käme, aber nur um die Fotos mitzunehmen. Er hatte am Nachmittag noch einen anderen Termin. Er nahm die Bilder auf die Schnelle mit ohne sie anzuschauen. Das machte er erst am späten Nachmittag, als er Zeit hatte. Den Bildern sah man an, dass Heidi und Hans viel Freude an ihrem Garten hatten und einiges an Zeit und Arbeit in ihn investierten. Mit Freude betrachtete er die vielen Fotos von Blumen und kleinen Gemüsepflanzen, die Heidi und Hans selbst aus Samen züchteten. Doch dann stutzte er bei einem Foto. Es zeigte einen Mitarbeiter der Stadtwerke, der eine defekte Lampe der Straßenbeleuchtung auswechselte. Zumindest stand der Name der Stadtwerke auf seinem Overall. Doch was Karl äußerst seltsam empfand, war der Fotoapparat, mit dem der Monteur Aufnahmen in der Richtung von Heidis und Hans Haus machte. "So kann man natürlich auch ein Gelände ausspionieren", dachte Karl. Er öffnete die Mail-Adresse der Stadtwerke und suchte nach Fotos der Monteure. Doch der Gesuchte war nicht dabei. Da Karl einen Freund hatte, der dort arbeitete, entschloss er sich diesen in den nächsten Tagen zu besuchen und ihm das Bild vorzulegen. Wie er schon erwartet hatte, war der abgebildete Monteur kein Angestellter der Stadtwerke, sondern er hatte sich nur einen Overall von ihnen besorgt. Karls nächster Schritt war, alle bekannten Kunstdiebe zu googeln und herauszufinden, wo sie sich zum Zeitpunkt des Diebstahls aufgehalten hatten. Da zwei von ihnen zweifelsfrei im Urlaub gewesen waren, nahm er sich vor alles Wissenswerte über den dritten, einen Herrn Norbert Nebulus zu suchen. Doch da er von der Computerarbeit müde geworden war, legte er sich für heute in sein Bett und verschob die Arbeit auf den nächsten Tag.

Kapitel 29
Vorbereitungen für die Reise nach Münster

Mit frischer Kraft und Energie setzte sich Karl am nächsten Morgen an seinen Computer und recherchierte. Er war so fit darin, dass er in Sekundenschnelle die Programme wechseln konnte und sich selbst im Darknet besser auskannte als in seiner Westentasche. Nach einer knappen Stunde hatte er alle Informationen, die er benötigte. Norbert Nebulus, ein als Charmeur bekannter Mann in den 50ern mit einer durchtrainierten Figur hatte eine Banklehre absolviert und in seinem späteren Leben eine Firma eröffnet, welche sich mit Im- und Export beschäftigte. Damit hatte er große Erfolge erzielt, denn schnell hatte er sich das Wissen verschafft, welche Werte Antiquitäten und andere wertvolle Kunstgegenstände haben. Durch seine freundliche Art gewann er die Sympathie von Damen jeglichen Alters, denn er war charmant und rücksichtsvoll und wusste, jeder Dame so zu schmeicheln, dass seine Komplimente als ehrliche Meinung und Sympathie verstanden wurden. Im Internet fand Karl sogar Bilder seiner Penthousewohnung, welche er mit den schönsten Antiquitäten äußerst geschmackvoll eingerichtet hatte. Mit diesen Fotos machte er Reklame für seine "kleine" exklusive Firma. Doch in den Ermittlungsakten im Polizeicomputer wurde er mehrmals als Verdächtiger erwähnt. Doch bisher hatte er stets seinen Kopf aus der Schlinge ziehen können. Die ungelösten Diebstähle lagerten immer noch im Archiv. „Sie liegen sozusagen auf Eis!" dachte Karl, „es wird Zeit, dass dem Burschen jemand ein Feuerchen unter dem Hintern macht!" Er wohnte in der schönen Stadt Münster, in der Karl bezüglich einer Recherche für Ria vor einigen Jahren schon einmal ein paar Tage verbracht hatte. Er erinnerte sich an das wunderschöne historische Rathaus und den botanischen Garten. Er hatte auch kurz das Seengebiet des Aasees besucht und sich damals gewünscht, noch einige Tage Urlaub dort verbringen zu können. Doch das war damals leider nicht möglich gewesen. Insofern freute er sich, zu dieser Recherche wieder nach Münster reisen zu können. Er überlegte, weshalb er damals dort gewesen war. Da fiel ihm plötzlich der Fall wieder ein: Ria hatte schon vor 20 Jahren Bücher veröffentlicht und in Münster einen Verleger gefunden, der ihr erstes Buch herausgab. Es war ein Gedichtband gewesen. Doch Lyrik kommt im Wettlauf der Bestseller nie auf die vorderen Plätze. Trotzdem hatte das Buch großes Interesse gefunden. Doch der Verleger und seine Frau vermarkteten nicht nur Buchrechte, sondern auch Filmrechte im Ausland. Er bot seinen Autoren dafür Beteiligungen an, in die sie sich im fünfstelligen Bereich hätten einkaufen können, bei knapper Kasse aber auch mit weniger. Nach einigen Monaten hätte der Verlag seinen Autoren eine Abrechnung der Einnahmen der verkauften Bücher beziehungsweise Einnahmen der Filmrechte vorlegen müssen. Die vereinbarten Marchen an die Autoren wurden jedoch niemals überweisen.

Einige Geschädigte nahmen sich einen Rechtsanwalt und verklagten den Verleger, insbesondere jene, welche größere Summen in Filmbeteiligungen gesteckt hatten. Es kam so weit, dass die Druckmaschinen beschlagnahmt wurden, und der betrügerische Verleger im Gefängnis landete. Er hatte alles Geld verschoben oder ausgegeben. Das Heer der Gläubiger war so groß, dass Ria, welche fast an Stelle 300 stand, nichts zurückbekam. Doch es war ihr eine Genugtuung, dass dieser nun gesiebte Luft atmete, und dazu hatte Karl einiges durch seine Ermittlungen beigetragen.

Karl beschloss Münster zu Beginn der nächsten Woche erneut zu besuchen und notierte sich die Adresse der Im- und Exportfirma sowie seine Privatadresse. Er fertigte auch noch eine kleine Liste der Sehenswürdigkeiten an, welche er diesmal besuchen wollte, falls sich der Fall so schnell lösen würde, dass er für Besichtigungen noch etwas Zeit war.

Er freute sich über seinen schnellen Computererfolg und wollte Ria und Ralf einen Besuch abstatten um sie darüber zu informieren.

Ria, welche wusste, wie gerne Karl einen kleinen Kaffeeklatsch mit Kuchen machte, lud ihn am gleichen Tag zu sich ein. Sie stellte sich gleich nach dem Telefongespräch in die Küche und backte einen Bienenstich. Sie trafen sich um 16 Uhr. Der Kuchen schmeckte, der Kaffee duftete, die Unterhaltung war lustig und interessant und erst um 20 Uhr trennten sie sich.

Ria und Ralf wünschen Karl viel Erfolg in Münster!

Kapitel 30
Erkenntnisse und Begegnungen

Karl hatte im Internet ein schönes und günstiges Hotel in Münster gefunden, in dem er sich für drei Tage ein Zimmer reserviert hatte. Eine Verlängerung auf eine Woche war möglich. Er hatte auch schon mit dem Kunsthändler telefoniert und Interesse an einigen Bildern bekundet, welche er im Internet angeboten hatte. Doch am Tag der Anreise hatte Karl keinen Termin mit ihm vereinbart, denn das wäre zu stressig geworden, da auf der Autobahn jederzeit mit Stau und Unfällen zu rechnen war. So schaute sich Karl kurz nachdem er das Zimmer bezogen hatte, nochmal die schöne Stadt Münster an.

Karl fuhr mit der Straßenbahn zum Allwetterzoo, der mit dem Westfälischen Pferdemuseum seit 1996 eine Kooperation unterhält. Dort kann man sich eine Show mit den Dülmener Wildpferden anschauen. 400 dieser Ponys leben heute noch in der Wildbahn im Merfelder Bruch nahe Dülmen. Die Wildpferdefreunde kümmern sich um diese Tiere und stellen die Rasse deshalb im Zoo vor.

Karl war in seiner Jugend ebenso wie Ria ein eifriger Reiter beim Durlacher Reiterverein gewesen, der auch einige Pokale und Auszeichnungen mit nach Hause gebracht hatte. Er liebte diese edlen Tiere immer noch und nutzte jede Gelegenheit sie zu sehen.

Am nächsten Morgen um 11 Uhr hatte Karl einen Termin mit dem Kunsthändler. Er wurde in dessen wunderbarer Penthousewohnung mit einem exzellenten

Cappuccino empfangen. Die Männer unterhielten sich über den Beruf des Kunsthändlers und die Schwierigkeiten beim An- und Verkauf. Der Kunsthändler, der mit Vornamen Ewaldo hieß und aus Chicago stammte, war in seiner Jugend ein „hohes Tier" bei der amerikanischen Armee gewesen und hatte als Kommandeur von 1000 Soldaten in Vietnam gekämpft. In Saigon hatte er bei der amerikanischen Botschaft eine Frau kennen und lieben gelernt, welche die deutsche Staatsangehörigkeit hatte, und diese hatte ihn schließlich nach Deutschland geholt. Doch vor einigen Jahren hatte seine Frau einen schweren Autounfall gehabt und war verstorben. Seitdem war er alleine geblieben, denn die „wahre Liebe" gibt es nur einmal im Leben. Auch Karl berichtete einiges Privates aus seinem Leben. Die Männer wurden sich immer sympathischer und Ewaldo schlug vor, dass sie sich duzen.

Durch die gegenseitige Sympathie gelangte Karl zu dem Entschluss Ewaldo die Wahrheit über seinen Besuch mitzuteilen. Dieser nickte verständnisvoll und sagte, dass er Karl helfen würde, die gestohlenen Bilder seiner Freunde wieder zu finden. Tatsächlich waren ihm einige davon vor einigen Tagen angeboten worden.

Nach zwei Tagen hatte es Ewaldo geschafft, mit dem Verkäufer der Bilder einen Termin zusammen mit Karl auszuhandeln. Sie trafen sich in einem nahegelegenen Café und Karl setzte dem Dieb gleich den Dolch auf die Brust, so dass dieser versprach die Bilder gegen Stillschweigen und ohne Strafverfolgung zurückzugeben.

Karl hatte nachts Albträume und Bauchschmerzen, ob der Dieb sein Versprechen einhalten würde.

Doch tatsächlich hielt er sein Versprechen und gab die gestohlenen Bilder, die im Kofferraum seines Autos lagen, zurück.

Nachdem diese Sache erledigt war, hatte Karl noch einige Tage Zeit, und er und Ewaldo verbrachten die Tage mit gemeinsamen Unternehmungen. Sie waren Freunde fürs Leben geworden und versprachen sich bald wieder zu besuchen. So kehrte Karl mit vollem Kofferraum nach einer Woche aus Münster zurück und wurde von Ria und Ralf, Heidi und Hans bejubelt und als Held gefeiert.

Kapitel 31
Ein erneuter Diebstahl

Alles lief bestens. Heidi und Hans hatten ihre geliebten Katzenbilder zurück und freuten sich daran. Die beiden Paare unternahmen zusammen mit ihren Katzen einige Ausflüge und luden sich gegenseitig zu einer Kaffeetafel oder einer Grillparty ein.

Doch als Ria eines Morgens, etwa vier Monate nach dem Diebstahl bei Heidi und Hans, gegen acht Uhr den Wintergarten betrat, stieß sie einen lauten Schrei aus, denn eine Scheibe war zerbrochen und die goldene Statue von Bastet, der Katzengöttin, war verschwunden.

Nachts musste jemand eingebrochen sein und hatte diese geklaut. Allerdings hatten weder Ria und Ralf noch die Kater etwas gehört und waren aufgewacht. Als erstes verständigte Ria Karl König, der sagte, dass er gleich kommen würde und auch die Spurensicherung informieren und mitbringen würde. Er gab ihnen den Rat im Wintergarten nichts zu berühren und heute ausnahmsweise im Wohnzimmer oder der Küche zu frühstücken, damit keine Spuren und Fingerabdrücke verwischt würden. Ria berichtete Ralf den Inhalt ihres Gespräches mit Karl, und sie folgten seinem Rat.

Schon nach einer halben Stunde klingelte es und Karl und die Spurensicherung standen in Schutzanzügen vor der Türe. Sie tüteten die Scherben ein und nahmen Fingerabdrücke von Fenstern und Türgriffen.

Im Laufe des Tages telefonierte Karl auch mit Ewaldo,

dem Kunsthändler, der sein Freund geworden war, und bat ihn, sich zu melden, sobald ihm eine goldene Katzenstatue angeboten werden würde. Doch in den nächsten Tagen tat sich nichts dergleichen.

Es gingen Tage und Wochen ins Land und weder die Polizei noch Karl kamen dem Täter auf die Spur.

Ria litt so sehr unter dem Einbruch und dem Verlust der goldenen Statue, dass sie krank wurde.

Max und Miraculus versuchten stets Ria zu trösten und schmusten ausgiebig mit ihr, doch das half nicht.

Schließlich sagte Miraculus zu Max: "Wir müssen versuchen, die goldene Statue wieder zu beschaffen, sonst wird Ria nicht mehr gesund!"

Max schaute ihn fragend an und sagte: "Aber wie sollen wir beide das schaffen?"

Kapitel 32
Der Plan

Max und Miraculus diskutierten die halbe Nacht, wie sie die goldene Statue von Bastet zurückbekommen könnten um damit Rias Gesundheit wiederherzustellen.

Sie schliefen in dieser Nacht nur wenig und standen morgens verkatert auf. Doch Miraculus hatte in den letzten paar Minuten vor dem Aufwachen einen Traum gehabt, in dem er eine Lösung sah.

Er sagte zu Max: "So mysteriös, wie ich zu dir und deiner Familie gekommen bin, müssten wir in die Zeit zurückreisen, als mein Alchemist noch lebte, denn dieser könnte uns durch seine magischen Kräfte mit Sicherheit die Statue zurückholen!" Max fragte: "Wie können wir das anstellen?"

Miraculus antwortete: "Wir müssen uns genau auf die gleiche Stelle legen, auf der ich damals aufgewacht bin. Wenn wir einschlafen, nehmen wir uns vor, meinen Freund und Meister wieder zu sehen. Lass uns es einfach versuchen, es wird schon klappen!"

Sie gingen in den Garten und legten sich auf diese Stelle ins Gras und nach ein paar Minuten waren sie, müde wie sie waren, eingeschlafen.

Als sie aufwachten, befanden sie sich tatsächlich in den Laborräumen des Alchemisten, der wie in den guten alten Zeiten in einem riesigen Topf eine Flüssigkeit umrührte. Plötzlich veränderte die Flüssigkeit ihre Farbe, und sie leuchtete so golden wie die Sonne. Der Alchimist stieß einen lauten Freudenschrei aus. Max und Miraculus erschraken so sehr, dass sie vor Überraschung in die Luft sprangen. Da entdeckte der Alchemist seinen Lieblingskater Miraculus. Er eilte zu ihm und liebkoste ihn. Dann erkundigte er sich nach seinem Freund und begrüßte auch ihn. Sie erzählten einander, was sie alles erlebt hatten, und wie sie zu ihm zurückgekommen waren. Sie berichteten ihm auch alles über den Diebstahl von Bastet, und dass die menschliche Freundin von Max dadurch krank geworden wäre. Der Alchemist sagte: "Jetzt ist alles kein Problem mehr, denn vorhin ist es mir gelungen, Gold herzustellen. Mit Hilfe der magischen Sprüche meines Zauberbuchs kann ich euch eine identische Statue herstellen, wenn ihr mir sagen könnt, wie groß die Statue war."

Glücklicherweise hatte Miraculus zu Hause die Statue einmal vermessen, nachdem er bei Ria, Ralf und Max eingezogen war, da er so eine schöne Figur noch niemals gesehen hatte. Sie reichte genau von der Nasenspitze bis zu seinem Schwanzende. Der Alchimist, Max und Miraculus saßen noch den ganzen Abend beieinander, unterhielten sich und aßen leckere Fischhäppchen. Dann verabschiedeten sie sich voneinander und der Alchemist sagte, dass er sie zusammen mit der Statue von Bastet an die gleiche Stelle im Garten hinzaubern würde, wie damals, als er Miraculus vor dem sicheren Tod rettete, als sein Labor und er explodiert waren.

Am nächsten Morgen erwachten Max und Miraculus schon gegen fünf Uhr, da sie lautes Vogelgezwitscher hörten. Sie lagen im Garten in der Nähe eines Baumes im Gras und die goldene Statue war am Baum angelehnt. Da sie für die beiden viel zu schwer zum Tragen war, bewachten sie diese bis acht Uhr. Um diese Uhrzeit standen Ria und Ralf meistens auf. Max und Miraculus lockten die beiden mit lautem Miauen aus dem Haus und führten sie an die Stelle, wo die Statue am Baum lehnte. Ralf holte einen Transportwagen und schaffte die Statue ins Haus. Die Freude von Ria und Ralf über die Rückkehr der Statue war unvorstellbar. Nach drei Tagen war Ria wieder vollständig genesen!

Kapitel 33

Neue Nachbarn

Das Nachbarhaus von Ria und Ralf war nach dem Tod der Erbauer von der Tochter verkauft worden. Es war eine Familie mit vier Kindern eingezogen, welche sehr lärmintensiv war. Besonders die Mutter, welche aus Berlin stammte, hatte eine Riesenklappe. Anstatt sich zu Fuß in den hinteren Teil des Gartens zu begeben, schrie sie von der Terrasse bis zum Garten des Nachbargrundstücks, wenn sich ihr Ehemann und die Kinder dort aufhielten. Das schöne Vogelgezwitscher im Garten war nicht mehr zu hören und der beleibten Figur hätte ein Spaziergang nicht geschadet.

Glücklicherweise zogen sie nach vier Jahren in ein anderes Stadtviertel, und das Haus wurde erneut verkauft. Ria und Ralf berichteten Heidi und Hans von dem erneuten Verkauf und dem Verkaufsangebot eines Immobilienmaklers. Die beiden hatten ebenfalls etwas Probleme mit ihrer Nachbarschaft, welche einen Kampfhund hatte, der die Katzen Emma und Erna jagte, wenn sie sich einmal in den Nachbargarten begeben hatten. Doch auch der persönliche Kontakt war durch die Aggressivität des Kampfhundebesitzers unangenehm. So überraschten die beiden Ria und Ralf mit der Aussage, dass sie sich entschlossen hätten, das Nachbarhaus zu kaufen. Innerhalb von sechs Wochen ging der Verkauf über die Bühne und Hans und Heidi zogen ins Nachbarhaus ein. Max und Miraculus freuten sich riesig, denn nun konnten sie ihre angebe-

teten Kätzinnen jeden Tag sehen und gemeinsam mit ihnen etwas unternehmen.
Es begann eine Zeit der Freude für Tiere und Menschen!

Kapitel 34

Fatales Lob

Nachdem der Umzug von Heidi und Hans vorüber war und die Möbel fast wie im alten Haus an den gleichen Stellen standen, blieb trotzdem noch genug Arbeit für die nächsten Monate übrig. So musste das Haus neu gestrichen werden, die Gartenanlage wurde verändert und die baufällige alte Gartenhütte sollte noch erneuert oder repariert werden. Doch Emma und Erna freuten sich ihres Lebens und erkundeten die Gärten in der Nachbarschaft. An einem Sommertag kamen sie zu Ria und Ralf. Beide hatten gerade eine Maus gefangen und legten sie Ria als Geschenk vor die Füße. Diese freute sich sehr über diese nette Geste und lobte die beiden über alle Maßen. Das hörten Max und Miraculus. Beide zogen ein Gesicht hin wie drei Tage Regenwetter und waren eifersüchtig, dass die beiden Mädchen so viel Anerkennung bekommen hatten. Als Ria auch noch sagte, dass sie die besten Mäusefängerinnen des ganzen Ortes wären, und ihre beiden Gesellen geradezu faul im Vergleich, war es um die gute Laune an diesem Tag geschehen.

Daraufhin schlug Miraculus vor: "Das lassen wir nicht auf uns sitzen. Wir versuchen auch jeder eine Maus zu fangen, welche wir Ria schenken." Nach drei Stunden hatte Miraculus eine Maus gefangen und wollte sie Ria bringen, doch Max hatte noch kein Jagdglück gehabt und sagte zu Miraculus: "Warte doch bitte so lange, bis ich auch eine gefangen habe, dann ist die Überra-

schung größer."
Deshalb spielte Miraculus eine Weile mit seiner Maus und biss ihr anschließend das Genick durch. Er musste noch zwei Stunden warten, bis Max endlich eine Maus erwischte. Nun spazierten die zwei hintereinander die Treppe hoch und gingen in den Wintergarten. Ria öffnete ihnen die Türe und sah nicht, was sie in der Schnauze trugen.
Die Maus von Miraculus war kein Problem, denn sie war tot. Aber als Max die Schnauze öffnete, rannte seine noch lebende Maus davon, sie sprang über Rias Füße und anschließend flüchtete sie unter einen großen Schrank. Ria war den gesamten Nachmittag damit beschäftigt die Maus mit einem Besenstiel unter dem Schrank vorzutreiben und sie dann mit einem Handtuch zu fangen.
Sie fluchte lautstark, bis sie die Maus nach drei Stunden endlich erwischte und Max bekam kein Lob und kein Lieblingsessen!

Kapitel 35
Schlechte Nachrichten

Heidi und Hans waren noch längere Zeit mit ihrem neuen Haus beschäftigt, da sie die Streicharbeiten der Fassade selbst durchführten. Die Katzen konnten nicht mithelfen, da sie mit ihren Pfoten keinen Pinsel halten konnten. Deshalb beschlossen die vier Freunde endlich wieder einmal zum Stammtisch am Angelsee zu gehen. Als sie ankamen, war schon ein Dutzend Katzen versammelt und Harry stand in der Mitte der Runde und schwang große Reden. Sein Freund, ein russischer Waldkater, hatte ihm geheime Informationen über den Ukrainekrieg geliefert, und er berichtete zusammenfassend, welche unglaublichen Dinge in der Ukraine abgingen: Die Amerikaner hatten dort zahlreiche Biolabore bauen und einrichten lassen, in denen sie an einem Grippevirus forschten, der durch genetische Veränderungen "scharf" gemacht worden war. Als Versuchstiere hatten sie in allen großen Städten herrenlose Katzen eingefangen, an denen sie den veränderten Virus ausprobierten. Sehr viele Katzen waren bei diesen Versuchen schon jämmerlich gestorben.
Danach sollte der gefährliche Virus an den Menschen getestet werden. Als sogenanntes Gegenmittel wurde den Menschen eine Spritze angeboten, deren Inhaltsstoffe bis zum heutigen Tag nicht bekannt sind, und für welche die Regierungen der Länder, in denen die Krankheit und die Folgeschäden durch die Spritzen aufgetreten waren, keine Haftung übernahmen. Zahlrei-

che Politiker stopften sich die Taschen voller Geld, weil sie entweder an den Spritzen oder an den Masken, welche zum Schutz zwangsweise verordnet worden waren, verdienten. In diesen zwei Jahren waren unglaubliche Verbote ausgesprochen worden, welche die Menschen daran hinderten, ihre kranken oder sterbenden Verwandten im Krankenhaus oder Altersheim zu besuchen. Doch vergessen werden sollten auch die vielen toten Katzen sowie die dummen Verbote für Katzenhalter nicht, welche in manchen Gegenden ihre Lieblinge nicht in die Natur entlassen durften, weil sie angeblich Haubenlerchen ausrotten würden. Hielten sich die Katzenhalter nicht daran, gab es hohe Strafen."
Mit dem Satz: "Diese zwei Jahre dürfen nicht vergessen werden und sich niemals wiederholen!" endete der interessante Vortrag von Harry! Alle Katzen applaudierten ihm und miauten laut zustimmend.

Danach wurden die Gespräche wieder etwas lockerer und Harry, der heute Geburtstag hatte, verteilte die Fische, die er mitgebracht hatte. Sie schmeckten wunderbar. Dafür wurde er sehr gelobt. Schließlich gingen die vier Katzen, als es Abend wurde, wieder gut gelaunt nach Hause, Emma und Erna, jetzt nur eine Türe weiter als Max und Miraculus.

Kapitel 36

Das Sommerloch

Dadurch, dass das Frühjahr und der Sommer recht kalt gewesen waren, hatte es noch keine tropischen Nächte gegeben. In der letzten Juliwoche trat das übliche Phänomen der Presse auf, welche nicht mehr wusste, über was sie berichten sollte: das sogenannte „Sommerloch!"

Also schrieb man eine Reportage über einen Löwen, der angeblich nachts durch die Hauptstadt Berlin schlich. Auch die Polizei wurde beschäftigt, denn sie musste nach Spuren und Kotresten suchen. Ebenso wurden Gentests gemacht. Es gab Leute, welche behaupteten, dass es gar keinen Löwen in Berlin gäbe, sondern, dass ein Wildschwein aus dem Wald geflohen sei und sich in der Straßen der Hauptstadt verirrt hätte.

In Wahrheit war es jedoch eine Ente gewesen, welche manche Menschen ängstigte oder andere amüsierte, nämlich eine „Zeitungsente", welche sich die Reporter aus Mangel an schlechten Nachrichten ausgedacht hatten.

Ralf und Ria hatten sich am Morgen beim Frühstück darüber unterhalten und den Kopf über die Leichtgläubigkeit der Menschen geschüttelt. Dieses Gespräch brachte Max und Miraculus auf die Idee, die Vögel im Zoo zusammen mit Erna und Emma zu besuchen. Sie wollten den zwei Mädchen etwas Interessantes bieten und baldowerten eine Route zum Zoo aus, welche sie mit wenig Menschen in Kontakt brachte und den Straßenverkehr umging.

Nach zwei Stunden Wanderung durch den Hardtwald kam die kleine Gruppe am Zoo an und suchte sich einen Durchschlupf. Sie liefen zum nördlichen Ende, wo die Käfige der Nachtvögel waren. Besonders die Käuze beobachteten sie genau, denn im Frühjahr war eine Kauzfamilie mit ihren Jungvögeln im Garten von Ria und Ralf gelandet. Als Max und Miraculus sich diesen näherten, griff die Mutter der Vögel die beiden an, und sie rannten schnellstens in die Sicherheit des Hauses.

Das war ihnen eine Lehre gewesen, die Krallen der Vögel auch nicht zu unterschätzen, denn sie können ebenso verletzen wie Katzenkrallen.

Nach weiteren zwei Stunden machten sie sich auf den Rückweg und kamen müde, aber begeistert vom Zoo wieder zu Hause an. Max bedauerte, dass die Menschen die Katzensprache nicht so gut verstanden wie die Katzen die Sprache der Menschen, denn sie hätten einiges zu erzählen gehabt.

Aber Miraculus musste immer lachen, wenn Max Ria etwas vorsang, das sie genau verstand. So motzte er in tiefem Brummton, wenn Ria und Ralf später wie üblich abends nach Hause kamen oder er und Miraculus durch den Regen nass geworden waren.

Sie verstand auch genau, ob er essen oder trinken wollte, denn er setzte sich genau vor den entsprechenden Becher oder wartete am Kühlschrank, bis er aufging.

Vor der Wintergartentür zu sitzen bedeutete stets: Lass mich herein oder heraus.
Miraculus lobte ihn dann stets und sagte: „Gut hast du sie erzogen!"

Kapitel 37
Miraculus, der Wunderknabe

Die Tage gingen ins Land, und die vier Katzen unternahmen sehr viel gemeinsam. Abgesehen von den wöchentlichen Stammtischen beim Angelsee, an denen sie sehr regelmäßig teilnahmen und sich mit anderen Katzen austauschen konnten, gingen sie an einem Sonntag, der sehr windig war, zur Drachenwiese. Es waren sicherlich ein Dutzend Kinder anwesend, welche die schönsten Drachen an den langen Leinen am Himmel tanzen ließen. Der schönste aller Drachen war ein großer Adler, den ein kleiner Junge in der Hand hielt und langsam steigen ließ. Er war sehr gut beim Führen des Drachens und malte tolle Figuren an den Himmel sowie eine Acht und eine Null. Er war total davon bezaubert, dass die vier Katzen neben ihm standen und seinem Drachen zuschauten. Da kam er plötzlich auf die Idee, dass eine Katze auch den Drachen führen könnte. Er ging auf Miraculus zu und band ihm die Drachenschnur um den Bauch.
Dieser wusste nicht, was das zu bedeuten hatte und schaute etwas indigniert an sich herunter. Plötzlich kam eine riesige Böe, die ihn von der Erde abhob und in etwa 10 Meter Höhe einige Meter über die Wiese fliegen ließ. Er machte das unglücklichste Gesicht der Welt und schrie jämmerlich. Erst als ihn die Drei hörten, wussten sie, wo er war. Zuerst dachten sie, dass er weggezaubert worden wäre.
Glücklicherweise flachte der Wind wieder ab, als Mira-

culus das Ende der Wiese erreichte. Langsam schwebte der Drachen wieder zur Erde.

Miraculus setzte sanft mit den Beinen auf, und der kleine Junge rannte schnellstens zu ihm und löste die Schnur um seinen Bauch.

Dann kamen sie gemeinsam zurück. Miraculus war noch so aufgeregt, dass er zitterte. Da er sogleich nach Hause wollte, begleiteten sie ihn. Zuerst gingen sie zu Ria und Ralf und berichteten von dem eben erlebten Abenteuer. Sie ließen den neuen Katzenpiloten hochleben. Anschließend informierten sie Heidi und Hans. Auch beim wöchentlichen Stammtisch machte das Abenteuer seine Runde und Harry taufte Miraculus um und nannte ihn nur noch "Quax, der Bruchpilot"!

Kapitel 38
Das Schlitzohr

Seit neuestem hielt sich Miraculus oft auf dem Nachbargrundstück bei Heidi, Hans und Emma auf, die er sehr verehrte. Erna hingegen, die etwas wagemutigere Katze, erschien fast täglich bei Ria, Ralf und Max. Aber auch zu Ria hatte Max ein sehr inniges Verhältnis. Im Carport hatte er einen eigenen Stuhl, der mit einem Teppichbodenrest ausgelegt war, damit es Max bequem und warm hatte. Im Wintergarten durfte Max auf dem Liegestuhl von Ria sitzen, der mit einem großen weichen Polster belegt war und Ria zum Lesen von Büchern oder ihrem Hobby, dem Schreiben von Katzenkrimis oder Thrillern, diente.

Im Juli war das Wetter oft sehr schlecht, und es regnete viel. Deshalb saßen Ria, Ralf und Max oft zusammen im Wintergarten oder im Carport, da es dort trocken war. Einmal stand Max auf und lief zu seinem Katzenhaus, einem wunderschönen anthrazit und weiß gestrichenen Minihaus, das ihm zur Verfügung stand, wenn er bis 24 Uhr nicht zu Ria und Ralf zurückgekehrt war und die Nacht im Freien verbringen musste.

Er stellte sich auf die Hinterpfoten, schaute in das Katzenhaus hinein und begann laut zu miauen.

Rias Neugierde war geweckt, sie vermutete, dass irgendetwas mit dem Katzenhaus nicht in Ordnung war oder sich gar eine andere Katze darin befand. Sie sprang auf um nach Innen zu schauen. Ihr Stuhl mit dem weichen Sitzpolster war also frei geworden.

Max dachte, der ist ja noch bequemer als mein Stuhl mit dem Teppichbodenrest. Flugs sprang er hinauf, und als sich Ria umdrehte und wieder auf ihren Stuhl sitzen wollte, war dieser vom Kater belegt, der ein merkwürdiges Schmunzeln im Gesicht hatte. Als sich Ria schließlich auf seinen Katzenstuhl setzte, der nur den dünnen Teppichbodenrest zur Bequemlichkeit bot, lachte sich Ralf halbtot. Er konnte gar nicht mehr mit Lachen aufhören, wie genial Max Ria um ihren Platz gebracht hatte.

Kapitel 39
Max, der Sonnengott

Der August begann an einem Dienstag, doch das Wetter war genauso schlecht wie es im Juli gewesen war. Es regnete wie aus Fässern und das nachbarliche Führing, ein Übungskreis für Pferde, war dermaßen überflutet, dass es "platsch, platsch, platsch" machte, wenn eine jugendliche Reiterin ihr Pferd in dieser riesigen Pfütze trainierte.
Max und Miraculus waren sehr viel zu Hause. Miraculus ging öfters zu den Nachbarn, um Emma zu besuchen. Manchmal schlief er auch bei ihr und sie träumten vom schönen Wetter. Auch Ria und Ralf waren etwas griesgrämig, denn sie konnten nicht ihrer Lieblingsbeschäftigung nachgehen, nämlich der Gartenarbeit.
Max hatte es sich angewöhnt am frühen Morgen zwischen fünf Uhr und sechs Uhr das Haus zu verlassen, und er kehrte meist gegen acht Uhr zurück, denn dann saßen Ria und Ralf bereits beim Frühstück und schmökerten in der Zeitung oder im Internet. An diesem Tag hatte es während seines gesamten Spaziergangs geregnet, doch er wollte pünktlich zum Frühstück zu Hause sein. Glücklicherweise befand sich neben dem Wintergarten ein überdachter Carport, an dem er sich feuchtegeschützt unterstellen oder auf seinen Stuhl hochspringen konnte.
Kaum hatte er Ria erblickt, rannte er die nasse Treppe hoch und hatte so viel Schwung, dass er durch die nassen Pfoten quer durch den Wintergarten rutschte und

mit dem Kopf gegen das Glas der Wohnzimmertür rutschte. Er war wohl etwas benommen und schüttelte heftig den Kopf.
Genau in diesem Moment hörte der Regen auf und Sonnenstrahlen durchbrachen die Wolkenfront und verjagten sie. So war der Tag für alle gerettet und Max erhielt sein Lieblingsfutter als Belohnung!

Kapitel 40
Unverhofft kommt oft!

Alle Katzen waren gemeinsam im Garten, als sich Ria und Heidi am Gartenzaun unterhielten. Den Katzen fiel auf, dass sie zunächst Erna und Emma genauestens musterten und anschließend die "Herren der Schöpfung". Dabei flüsterten sie sich etwas ins Ohr und grinsten. Obwohl Max und Miraculus ihre Ohren stellten, konnten sie nichts hören, so leise unterhielten sich die zwei Freundinnen. Doch es dauerte nur wenige Wochen, da bemerkten die Kater, dass Emma und Erna an Leibesfülle zunahmen. Daraufhin sprachen Ria und Heidi ernste Worte mit ihnen und richteten eine Katzenhochzeit aus. Ein Sonntag wurde als Termin festgesetzt und Ria nähte für den großen Tag zwei kleine schwarze Krawatten, die Max und Miraculus umgebunden wurden. Für die zwei Mädchen band Ria zwei Kränze aus Gänseblümchen. Ralf hatte einen schwarzen eleganten Anzug an mit bunter Krawatte in den Farben rosa und himmelblau. Er sprach einige salbungsvolle Sätze und warnte die Katzenmänner vor Untreue, da sie bald Vater werden würden. Er sprach auch über die große Verantwortung, die Väter für ihre Kinder haben sollten. Der Tag war wunderschön: ein strahlend blauer Himmel und Sonne pur!
Deshalb konnte im Garten gefeiert werden. Jede Katze bekam einen kleinen Teller mit Fischspezialitäten, und die vier Freunde saßen um den Tisch im Carport, wo sie Sekt tranken und ebenfalls Fisch aßen.

Als der Abend blutrot dämmerte und die Nacht sich langsam näherte, wurde die Party aufgelöst, und die Katzen machten zusammen noch einen kleinen Spaziergang in Richtung Angelsee.
Bevor sich die Paare trennten und Heidi und Hans zum Nachbarhaus gingen, bedanken sich die beiden und sagten: "Das war die schönste Katzendoppelhochzeit, die wir jemals erlebt haben!"

Kapitel 41
„Angekommen!"

Drei Wochen nach der Hochzeit war wieder ein herrlicher Sonntag mit Sonnenschein. Emma und Erna ging es gar nicht gut. Sie bemerkten, dass es in ihrem Bauch rumorte. Ria hatte ihnen bereits am Vortag in der Gartenhütte zwei alte Leintücher zu einer Art Nest zurechtgelegt, und sie schlichen sich unbemerkt von den Katzenmännern in die Hütte. Nach wenigen Minuten hatte jede Mutter zwei Katzenkinder geboren, jeweils ein Junge und ein Mädchen. Sie waren wunderhübsch anzuschauen und jeweils ein Kind ähnelte mehr dem Vater und das andere der Mutter. Erna und Emma reinigten ihre Kinder mit der Zunge und danach säugten sie diese.
Da Max und Miraculus inzwischen in den Garten gekommen waren, hörten sie die Kleinen miauen und betraten vorsichtig die Hütte. Als sie die Babys vor ihren Müttern liegen sahen, bekamen sie ganz große Augen. Sie kamen näher zu den Müttern heran. Sie staunten, was für süße kleine Wesen sie in die Welt gesetzt hatten und schmusten mit den Müttern und danach mit den Kindern.
Ria hatte bemerkt, dass zwischenzeitlich alle Katzen in der Gartenhütte versammelt waren. Sie rief Heidi an und teilte ihr mit, dass höchstwahrscheinlich die Kinder angekommen waren. So standen schließlich auch die vier Menschen in der Gartenhütte und beglückwünschten Mütter und Väter zu ihren Kindern und herzten die

Kleinen.

Hans ging zurück ins Nachbarhaus und holte eine Flasche Sekt und vier Gläser. Im Carport wurde gefeiert, und sie stießen auf die Gesundheit der neuen Erdenbürger an.

Die nächsten sechs bis acht Wochen wurden die Kleinen von ihren Müttern ernährt. Danach kauften Ria und Heidi Katzenbabynahrung. In Büchern hatten beide gelesen, was für die jungen Kätzchen von Bedeutung ist. Sie wussten nun, wie wichtig es war, dass die kleinen Kätzchen bis zu 13 Wochen bei ihren Müttern und Geschwistern bleiben, da sie von denen das Sozialverhalten lernen. Erst nach 13 Wochen dürfen die Kleinen getrennt werden, wenn man nicht alle Kinder behalten will oder kann. Kätzchen, die früher getrennt werden, neigen zu Aggressionen. Ria und Heidi hatten sich entschlossen jeweils ein Kind zu behalten, ein Junge und ein Mädchen, und die anderen beiden Kinder in gute Hände von zwei weiteren Nachbarn zu geben, die auch Katzenliebhaber waren. Bei diesen waren sie sicher, dass die Kinder dort gut behandelt werden.

Die zwei Väter erwartete aber der Tierarzt zu einer kleinen Operation in einigen Tagen, doch sie wussten noch nichts von ihrem Schicksal und lebten fröhlich in den Tag hinein!

Kapitel 42
Die Katzenbabys entwickeln sich

Bis ein Menschenkind das Licht der Welt erblickt, dauert es neun Monate. Bei einer Katze dauert die Entwicklung von der Befruchtung bis zur Geburt nur neun Wochen. Die Babys sind dann 10 Zentimeter groß und wiegen 80 bis 100 Gramm. Sie sind komplett auf die Fürsorge der Mutter angewiesen, denn sie sind etwa acht Tage blind. Die Hörkanäle entwickeln sich nach dem sechsten bis 12. Tag, und ihre eigene Körperwärme können sie erst nach 28 Tagen halten. Vorher muss die Mutter die Kleinen wärmen.

Nach der dritten Lebenswoche bilden sich die Milchzähne aus, die Schneide- und Fangzähne aber erst nach 21 Tagen. Eine Woche später bilden sich die Backenzähne, und nach 56 Tagen sind alle Zähne da. Einen weiteren Monat später entsteht das bleibende Gebiss.

Nach vier bis fünf Wochen kann zugefüttert werden. Oft führt die Nahrungsumstellung zu Verdauungsproblemen oder Durchfall, was sich bald aber wieder legt. Nun ist auch eine Gewöhnung an das Katzenklo möglich. Ab der fünften Woche spielen die kleinen Katzen miteinander. Die sogenannte juvenile Phase beginnt ab der sechsten bis achten Woche, nun spricht man von Jungkatzen, und sie können gegen Infektionskrankheiten wie Katzenseuche oder Katzenschnupfen geimpft werden. Die inneren Organe sind nun am Entwickeln, die Nieren bilden sich nach acht Wochen, die Leber erst nach der zehnten Woche. Ab der zehnten Woche bilden sich ebenfalls Muskeln und Krallen aus, und nun jagen und toben die Jungkatzen miteinander. Nach vier Monaten beginnt die Pubertät und ab dem fünften bis sechsten Monat sind sie geschlechtsreif. Erwachsen ist die Katze erst mit einem Jahr.

Ria und Ralf, Heidi und Hans hatten eine wunderbare Zeit, in der sie die Entwicklung der Katzenbabys verfolgen konnten. Die Kleinen benahmen sich so ulkig, dass sie stets ein Grinsen im Gesicht hatten.

Kapitel 43
Karl-Heinz

Nachdem die Katzenbabys älter als 13 Wochen alt geworden waren, durften sie getrennt werden. Die zwei tierliebenden Nachbarn hatten die Babys schon die ganze Zeit besucht und einen persönlichen Kontakt zu ihnen aufgebaut. Sie freuten sich immens, als sie die kleinen Kätzchen mit nach Hause nehmen durften. Da sie allerdings ganz in der Nähe wohnten, passierte folgendes, dass die Kleinen oft tagsüber wieder zu ihren Eltern und Geschwistern zurückfanden und viel Zeit bei Ria und Ralf und Heidi und Hans verbrachten. Oft spazierten sie zusammen zum Angelsee, wo sie die Stammtischmitglieder nach und nach kennenlernten. Wenn die Katzen unterwegs waren, unternahmen die Paare zusammen oder getrennt einige Ausflüge. Ein Ausflug führte Ria und Ralf in das Zollhaus in Neuburgweier, das direkt am Rhein liegt, und eine sehr schöne Ausflugslokalität ist. Von erhöhter Lage schaut man auf den Fluss und Lastschiffe fahren ganz nah am Ufer entlang. Man sieht auch meist schnittige und elegante Yachten, da der Yachthafen in unmittelbarer Nähe liegt.
Als Ria und Ralf an einem Mittwochnachmittag das Lokal besuchten, war es sehr gut besucht, und sie fragten einen älteren Herrn, der alleine am Tisch saß, ob sie dazu sitzen dürften. Dieser bejahte freudig, und sie kamen miteinander ins Gespräch. Der ältere Herr erzählte einiges aus seinem Leben. Er war 82 Jahre alt

und hatte seine geliebte Frau, mit der er 60 Jahre lang verheiratet war, durch einen Schlaganfall verloren. Er fühlte sich oft einsam, obwohl er einen Sohn und eine Tochter hatte. Die Tochter von 60 Jahren lebte mit einem Mann zusammen, der ihm nicht sonderlich sympathisch war. Er gab dieser Beziehung langfristig keine Chance. Eine alte Jugendliebe der Tochter war bei der Beerdigung der Mutter dabei gewesen, und es hatte sich eine weitere Beziehung ergeben, welche der Vater kritisch sah, da dieser Mann verheiratet war und Kinder hatte und sich sicherlich nicht von seiner Familie trennen würde. Danach wandte sich das Gespräch anderen Themen zu, sie sprachen über Katzen, welche den Mann sein ganzes Leben begleitet hatten. Zu diesem Thema konnten Ria und Ralf einiges beisteuern, erlebten sie doch mit Max und Miraculus, den Katzenfrauen und ihren Kindern fast täglich die tollsten Abenteuer.

So vergingen einige Stunden des schönen Nachmittags und der ältere Herr hatte seine Freude an den Geschichten und spürte seine Einsamkeit nicht mehr so sehr.

Kapitel 44
Warmer Regen!

Wenn die Katzenfrauen und Kinder beschäftigt waren, unternahmen Max und Miraculus wieder öfters gemeinsame Spaziergänge und Erkundungen. Gegen Mittag kamen sie zurück und Ria ließ die beiden in den Wintergarten herein und staunte, was sie in ihrem Maul hatten. Es waren grüne Papiere, und als sie ihnen diese abnahm, entdeckte sie, dass es 100-Euro-Scheine waren. Zusammen hatten die beiden tausend Euro zwischen ihren Zähnen. Ria und Ralf freuten sich sehr, dass die Katzen anscheinend beschlossen hatten, das Geld für ihr Futter selbst zu beschaffen. Als Max und Miraculus am darauffolgenden und am übernächsten Tag nochmals mit ähnlichen Beträgen nach Hause kamen, schlug Ria Ralf vor, den Katzen am nächsten Tag zu folgen um eventuell herauszufinden, wo ihre Geldquelle versteckt war.

So folgten sie den Katzen, die den Weg zum Angelsee einschlugen. Doch sie liefen noch weiter und wanderten ins Industriegebiet, wo sie bei einer alten Fabrik durch einen Kellerschacht eindringen konnten. Ria und Ralf umrundeten das Gebäude und fanden eine Türe, welche nicht abgeschlossen war.

Vorsichtig betraten sie das Fabrikgebäude. Es befanden sich keine Personen darin, und so konnten sich Ria und Ralf die Fabrikhalle anschauen. Sie sahen Computer und Kopiergeräte und größere Mengen Papier, welches der Qualität von Geldscheinen entsprach. Sie entdeckten auch mehrere Taschen voller Geld, neben denen einzelne Geldscheine lagen, welche Max und Miraculus wohl in den vergangenen Tagen gesammelt hatten. Ria und Ralf schauten sich mit großen Augen an, und überlegten, wie sie sich verhalten sollten. Ralf meinte, dass die beste Entscheidung wäre, den Fund der Kriminalpolizei beziehungsweise ihrem alten Freund Kurt zu melden, der seinerseits das Nötige veranlassen würde. Kurt riet ihnen, die Halle mitsamt der Katzen schnellstens zu verlassen, denn jederzeit könnten die Geldfälscher zurückkommen, und dann wären sie in Lebensgefahr. Sie sollten sich in angemessener Entfernung von der Halle verstecken und auf ihn und die Beamten, die er schnellstens mitbringen würde, warten. Ralf nannte ihm noch die Straße und die Hausnummer, dann suchten sie die Katzen und eilten mit ihnen aus der Halle. Sie gingen fünf Gebäude weiter und fanden eine Bank, auf die sie sich setzen konnten. Von dort aus beobachteten sie das Fabrikgebäude, ob sich ihm Personen nähern würden. Nichts passierte und nach einer Viertelstunde erschienen drei Polizeiwägen mitsamt Kurt. Sie durchsuchten die Fabrik und nahmen sämtliche Taschen mit Falschgeld mit. Danach wurde das Gebäude mehrere Tage tags und nachts bewacht, um die Geldfälscher festzunehmen. Das gelang ihnen vier Tage später, als die Verbrecher ahnungslos das Gebäude betraten. Da sie zu einer internationalen Bande gehörten, war ein größerer Betrag auf ihre Festnahme ausgesetzt. Der Leiter der Kripo und Kurt kamen nach etwa zwei Wochen zu Ria und Ralf und brachten ihnen einen fünfstelligen Betrag als Belohnung mit. Sie feierten mitsamt ihrer Freunde, und den Nachbarn, welche die zwei Katzenkinder übernommen hatten, sowie den Katzen und Lothar und Kurt ein rauschendes Fest, denn nun waren die Futterkosten für alle Katzen für Jahre gesichert!

Kapitel 45
Die Entführung aus dem Serail

Es war ein schöner, warmer und sonniger Tag und die Katzenkinder folgten ihren Vätern auf die Wiese und schauten ihnen genauestens zu, wie sie Mäuse fingen. Als Max und Miraculus nach zwei Stunden drei Mäuse gefangen hatten, hatten sie genug und gingen zurück zum Haus um im Wintergarten ein Schläfchen abzuhalten. Die Kleinen, denen es fast gelungen wäre, eine Maus zu fangen, blieben auf der Wiese und versuchten weiterhin ihr Glück in der Jagdkunst.

Gegen Abend kamen die zwei Katzenmütter von einem Schwatzkränzchen mit anderen Katzendamen zurück und erkundigten sich bei den Katzenmännern, wo die Kleinen wären. Max und Miraculus schauten sich verschlafen an, rieben sich die Augen und suchten die Mäusewiese ab. Doch sie fanden sie nirgends und vertrösteten die Mütter damit, dass sie sicherlich auf einer weiter entfernten Wiese weiter das Mäuse fangen übten. Es vergingen zwei Stunden und die kleinen Katzen waren immer noch nicht zurückgekommen. Da wurden die Mütter sehr unruhig und aufgeregt und schlugen vor die Kinder in dem kleinen Ort zu suchen. Doch es war schon ziemlich dunkel geworden, und die Katzenmänner wollten bis zum nächsten Morgen warten, bis es hell wurde.

Immer wieder schauten die Katzenmütter auf die Wiese und die Eingangstüre des Wintergartens, doch die Kinder waren nirgends zu sehen. Schließlich, kurz vor

Mitternacht begaben sich alle zur Ruhe und schliefen unruhig wegen der Sorge um die Kinder.

Gegen sechs Uhr wurde es hell. Max und Miraculus weckten Ria und Ralf. Ralf ging mit ihnen die Treppe hinunter und entließ sie ins Freie. Dort beratschlagten sie, wo sie mit der Suche beginnen sollten.

Miraculus sagte: "Lass uns den kleinen Ort von Nord nach Süd durchkämmen. Meinem Gefühl nach sind sie Richtung Süden entschwunden. Da Miraculus schon des öfteren Vorahnungen hatte, welche später tatsächlich eingetroffen sind, stimmte Max sofort zu. Sie begaben sich zu dem Gewerbemischgebiet, in dem auch der örtliche Tennisclub lag. Anschließend liefen sie westwärts zur evangelischen Kirche, welche am äußersten Ortsrand lag. Während sie die Kirche umrundeten und in jedem größeren Busch nachschauten, ob die Kleinen dort eingeschlafen wären, hörten sie ein leises Weinen. Sie krochen unter eine riesige Eibe und tatsächlich, da waren die Kinder. Nachdem die Väter sie beruhigt hatten, erfuhren sie, wie die Sache passiert war. Zwei kleine Mädchen waren mit ihren Fahrrädern an der Wiese vorbeigefahren und hatten die jungen Katzen gesehen. Sie stellten ihre Räder ab und gingen zu den Katzen und streichelten sie. Dann nahm jedes Mädchen ein Kätzchen auf den Arm und setzte es in den Fahrradkorb ihres Rades. Sie radelten nach Hause, wo sie den Kleinen etwas Futter gaben. Doch dann rief ihre Mutter, dass sie ins Haus kommen sollten, um Abend zu essen und anschließend ins Bett zu gehen. Da die Kätzchen den Weg nicht selbst gegangen waren, sondern mit dem Fahrrad transportiert worden waren, wussten sie nicht, in welcher Richtung ihr Zuhause war. Sie entfernten sich zwar von dem Haus, das in der Nähe des Tennisplatzes gelegen war, wussten aber nicht weiter. Als sie endlich die Kirche sahen mit den vielen großen Sträuchern, nutzten sie die Gelegenheit sich in der Nacht zu verstecken und hofften auf Hilfe am Morgen. So war es glücklicherweise auch gekommen. Zu Hause angekommen, schimpften die Mütter ihre Kinder ordentlich aus und verboten Ihnen, noch einmal das umzäunte Gelände der Pferdeweide zu verlassen. Auch die Väter bekamen eine dicke Rüge, da sie ihre Kinder auf der Wiese alleine zurückgelassen hatten!

Kapitel 46
Harry und die Hell Cats

In großer Besetzung lief eine kleine Gesellschaft gemeinsam zum Angelsee, denn Harry hatte zu seiner Geburtstagsfeier eingeladen. Selbst die zwei Kinder, die inzwischen bei den tierliebenden Nachbarn wohnten, waren dabei.

Schon in 500 Meter Entfernung hörten sie, dass groß gefeiert wurde, denn ein lauter Katzengesang war zu hören. Wahrscheinlich sangen die Gäste zu Ehren des Geburtstagskindes ein Lied.

Max und Miraculus samt ihren Familien drückten sich durch die Gästeschar, gratulierten ihm und übergaben ihre Geschenke. Es waren Fischdelikatessen, die sie ihren Freunden abgeschwatzt hatten.

Harry hatte für reichlich Essen gesorgt, und die Katzenschar tat sich daran gütlich.

Plötzlich hörte die Geburtstagsgesellschaft das Aufheulen lauter Motoren. Drei Motorräder kamen angerast, die Bremsen quietschen und drei massige Kater sprangen vom Rücksitz der schweren Motorräder. Diese fuhren weiter. In Windeseile rasten die drei wilden Gesellen durch die Menge und rannten zu Harry. Ehe dieser begriff, was los war, hatten sie ihn so malträtiert, dass sein Gesicht anschwoll. Er konnte kaum mehr aus den Augen schauen. Dann rannten sie so schnell wieder davon, dass keiner der Gäste ihnen nachsetzen konnte. Es waren die Hell Cats der Hell Bikers gewesen, die zusammen mit ihren Menschen Überfälle und Rausch-

giftdelikte begangen. Harry hatte einen solchen Überfall beobachtet, und sich der Polizei als Zeuge zur Verfügung gestellt. Die Hell Bikers und ihre Katzen hatten erfahren, dass Harry sie verpfiffen hatte. Ohne Harry als Zeugen hätten die Hell Bikers höchstens eine Geldstrafe bekommen.
Dieser Überfall war die Quittung dafür gewesen.
Miraculus sagte zu Harry: "Bitte geh zum See und tauche deinen Kopf so lange unter Wasser, bist du keinen Atem mehr bekommst. Wiederhole das 12 mal, und die Schwellung wird wieder zurückgehen." Harry tat wie geheißen und nach einigen Minuten kam er wieder zu seinen Gästen zurück. Er sah fast wieder aus wie neu!
So konnte zum Glück weiter gefeiert werden, und der schreckliche Überfall war bald wieder vergessen!

Kapitel 47

Harry wird vermisst

Als Max und Miraculus am nächsten Freitag zum Angelsee kamen, vermissten sie einen Kater, der vor einer Woche noch fröhlich gefeiert hatte. Harry war nicht vor Ort! Es kam natürlich immer einmal vor, dass eines der Stammtischmitglieder aus wichtigem Grund fehlte, aber bei Harry kam das fast nie vor. Miraculus machte sich wegen des Vorfalls mit den Hell Cats gleich Sorgen. Er überredete Max dazu, nach dem Stammtisch zu seiner Familie zu laufen und sich dort zu erkundigen. Helga, seine menschliche Freundin, war im Garten und freute sich, als sie seine beiden Freunde sah. Mit Tränen in den Augen berichtete sie, dass Harry seit Sonntag verschwunden war. Sie hatte schon die ganze Umgebung abgesucht und an sämtlichen Laternenmasten eine Suchmeldung angebracht.

Miraculus hatte wahrscheinlich wieder einmal eine Vorahnung, denn er fragte Helga: "Hat Harry Freunde im Umland?"

Helga dachte lange nach und sagte: "Harrys Kinder haben wir an liebe Freunde in Leopoldshafen, in Linkenheim und in Weingarten gegeben. Am liebsten hatte er seinen erstgeborenen Sohn Helmut, der jetzt in Leopoldshafen bei Margot lebt, die in der Hauptstraße 13 wohnt."

Miraculus Miene erhellte sich, und er lächelte sogar ein wenig. Er sagte zu Max: "Heute schaffen wir diesen weiten Weg nicht mehr, aber morgen kannst du dich

auf Muskelkater einstellen, lieber Max!"
Max legte seinen Kopf etwas schräg und sagte: "Diesen weiten Weg laufe ich aber nur, wenn du dir ganz sicher bist, dass wir ihn dort auch finden! Ansonsten musst du mir zur Strafe dein halbes Frühstück für eine Woche abgeben!"

Kapitel 48
Weg und Ziel

Am nächsten Morgen um sieben Uhr standen Max und Miraculus auf, denn sie wollten die frühen Morgenstunden ausnützen um nicht die glühende Mittagshitze aushalten zu müssen.
Ria stand mit ihnen auf und bereitete ihnen ein kräftiges Frühstück für den weiten Weg vor. Dann ließ sie die beiden ins Freie, wünschte ihnen viel Glück und legte sich wieder ins Bett. Ein knappes Stündchen wollte sie noch schlafen.
Sie liefen südwestwärts durch den Hardtwald und hatten Eggenstein nach vier Stunden erreicht. Nach einer weiteren Stunde standen sie in Leopoldshafen vor Margots Türe in der Hauptstraße 13. Die Haustüre war geschlossen, doch der Weg zum Garten war frei passierbar.
Als sie um die Hausecke schauten, konnten sie auf die Terrasse blicken und sahen, wie Harry neben seinem Sohn in der Sonne döste.
Max lobte Miraculus in den höchsten Tönen für seine ungeheuerlich magischen Kräfte der Hellseherei. Dadurch wurde Harry wach, und er glaubte nicht seinen Augen trauen zu können, als er die beiden sah. Er freute sich riesig und stand auf um sie zu begrüßen. Dadurch wurde auch sein Sohn wach, den er voller Stolz vorstellte.
Er berichtete den beiden, was passiert war. Erneut war er von den Hell Cats bedroht worden, doch da er sie

früh genug gesehen hatte, gelang es ihm zu flüchten und sich im Wald zu verstecken. Da er davon ausging, dass die Hell Cats sein Zuhause observierten, überlegte er sich lange, wo er unterschlupfen könnte. Sein Lieblingssohn fiel ihm an erster Stelle ein, und so machte er sich auf den Weg.

Doch dann meinte er ängstlich: "Aber wenn ihr mich finden konntet, können das die Hell Cats bestimmt auch!" Max beschwichtigte: "Dazu sind sie zu dumm! Nur Miraculus ist zu so etwas fähig, denn er ist ein Zauberer!" Miraculus berichtete, wie sie zu der Adresse gekommen waren und betonte auch, wie sehr seine menschliche Freundin sich Sorgen um ihn gemacht hatte.

Gerne wäre er mit den beiden wieder nach Hause gegangen, doch Miraculus meinte, er solle lieber noch eine Woche oder etwas mehr bei seinem Sohn bleiben, denn die Hells Cat würden sicher noch auf ihn Jagd machen. Jetzt hatte Max eine gloriose Idee. Er sagte: "Ria ist die Freundin von Karl König, dem ehemaligen Leiter der Kriminalpolizei. Sie kann ihn um Hilfe bitten, denn Karl hat immer noch super Verbindungen zum jetzigen Leiter der Kripo. Die Hell Biker und ihre Katzen standen schon einmal unter Beobachtung wegen ihrer kriminellen Geschäfte. Sollten die Biker verhaftet werden und ins Gefängnis kommen, werden die Hell Cats getrennt und kommen in unterschiedlicher Tierheime. Dann können sie dir nichts mehr antun."

Harry antwortete: "Das wäre fast zu schön, um wahr zu sein!"

Max und Miraculus blieben noch zwei Stunden bei Har-

ry und seinem Sohn. Harry konnte nun wieder lachen und auch sein Sohn wirkte unbeschwerter. Doch dann mussten sich die beiden auf den langen Weg nach Hause machen, versprachen aber in den nächsten zwei Wochen nochmals vorbei zu schauen und ihn über das Neueste zu informieren.
Wieder marschierten sie stundenlang durch den Wald. Als sie zu Hause angekommen waren, schliefen sie fast über ihrer Futterschale ein und waren sehr bald im Katzenkorb verschwunden. An diesem Tag erfuhren Ria und Ralf nicht, wie das Vorhaben verlaufen war.

Kapitel 49
Karl greift ein!

Am nächsten Morgen erfuhren Ria und Ralf, was es Neues gab. Ria bot sofort an Karl anzurufen und ihm mitzuteilen, was bisher geschehen war.

An diesem Morgen erreichte sie Karl allerdings nicht, denn dieser hatte sich mit seinem Freund Lothar, dem jetzigen Leiter der Kripo, in einem Café zum Frühstück getroffen. Als sie ihn am Nachmittag noch einmal versuchte telefonisch zu erreichen, nahm er gleich nach dem dritten Klingeln ab. Er erzählte Ria, mit wem er sich getroffen hatte, und worüber sie sich stundenlang unterhalten hatten. Ria musste lauthals lachen, als sie erfuhr, dass das Thema des Morgens die Hell Bikers mit ihren Hell Cats gewesen war. Ria sagte: "Dieses Thema war heute morgen genau der Grund für meinen Anruf!" Sie berichtete ihm ausführlich, was Harry passiert war. Kurt sagte: "Mein Freund Lothar steht kurz vor der Verhaftung dieser kriminellen Bande. Noch in dieser Woche soll eine riesige Menge Kokain aus Honduras geliefert werden. Sie beobachten die Gang Tag und Nacht und werden zugreifen, sobald der Stoff übergeben wird. Das gibt einige Jahre Knast!" Ria fragte: "Was geschieht dann mit ihren Katzen?"

Karl schwieg einige Sekunden, denn er hatte eine solche Frage nicht erwartet. Er meinte: "Wahrscheinlich werden sie auf mehrere Tierheime verteilt!"

Ria atmete auf und sagte: "Das habe ich schon zu Max und Miraculus gesagt bzw. vermutet. Es bedeutet ihnen sehr viel, wenn ihr Freund Harry wieder zurück in sein geliebtes Zuhause kommen kann. Noch hält er sich für weitere ein bis zwei Wochen bei seinem Sohn in Leopoldshafen auf. Doch die beiden haben ihm versprochen ihn zu informieren, wenn die Gefahr vorbei ist. Es wäre schön, wenn du mir gleich anrufen würdest, sobald die Bande hinter Gittern sitzt und ihre Katzen getrennt wurden. Denn sonst würden die Hell Cats eventuell vermuten, dass Harry etwas mit der Verhaftung zu tun hat und sich noch schlimmer an ihm rächen."

"Das wird nicht passieren", sagte Kurt, "ich melde mich sofort bei dir, sobald die Ganoven dingfest gemacht wurden!"

Fünf Tage später klingelte bei Ria das Telefon und Kurt berichtete ausführlich über die Verhaftung. Auch die Katzen waren bereits verteilt, und so konnte Ria Max und Miraculus die gute Nachricht überbringen, dass sie für den nächsten Tag wieder eine riesengroße Wanderung nach Leopoldshafen machen können, um Harry die gute Nachricht zu überbringen.

Trotz ihrer Freude über den guten Ausgang der Sache sah man ein paar Sorgenfalten über den langen Weg in ihrem Gesicht!

Kapitel 50
Nicht immer ist der Weg das Ziel

Ria und Ralf waren schon aufgestanden und wunderten sich, dass die Katzen nicht so früh wie beim letzten Mal aufgestanden waren, hatten sie doch vor, wieder nach Eggenstein-Leopoldshafen zu wandern. Sie wirkten etwas müde und lustlos. Ria fragte Max, ob ihm etwas Sorgen machen würde. Er antwortete: " Wir haben etwas Bammel vor dem langen Weg. Nach unserem letzten Marsch hatten wir drei Tage Muskelkater und Schmerzen in den Beinen. Aber ich habe eine Frage, ob ihr euch heute wieder mit euren Bekannten zum Schwimmen am Leopoldshafener See trefft, und uns mitnehmen und in der Hauptstraße absetzen könntet?"
Ria antwortete erfreut: "Auf diese Idee hätten wir selbst kommen können, das machen wir. Ihr könnt euch ja vielleicht zwei Stündchen bei Harry aufhalten, dann nehmen wir euch Drei, wenn wir wieder zurückfahren, mit nach Hause. Harry wird sich sehr freuen, endlich wieder zuhause sein zu dürfen. "
Diese Nachricht war fast zu schön um wahr zu sein! Die Katzen sahen gleich viel lebendiger und lustiger aus.
Um 10 Uhr fuhren Ria und Ralf los und Max und Miraculus durften sich einen Lieblingsplatz im Auto aussuchen. Sie wählten die hintere Gepäckablage, und konnten so die Landschaft und die anderen Fahrzeuge gut beobachten. Bisher waren sie meist nur im Transportkorb zum Tierarzt gefahren worden, aber jetzt machte

ihnen das Autofahren Spaß.

Nach etwas mehr als zwei Stunden Schwimmen kamen Ria und Ralf wieder zur Hauptstraße. Da die beiden das Geräusch des Autos kannten, brauchten Ria und Ralf noch nicht einmal aussteigen, um sie zu holen. Zusammen mit Harry kamen sie fröhlich angelaufen. Harry blieb noch eine ganze Weile bei ihnen im Garten von Ria und Ralf. Als der Abend dämmerte, machte er sich auf den Weg nach Hause und wurde in Hagsfeld herzlich begrüßt und mit Freuden wieder aufgenommen. Nun richtete es Harry so ein, dass er stets morgens bei Max und Miraculus war, wenn Ria und Ralf mit dem Auto nach Leopoldshafen zum Schwimmen fuhren. So konnte Harry seinen Sohn regelmäßig besuchen. Max und Miraculus fuhren immer mit und wurden richtige Autoliebhaber!

Kapitel 51

Hiobsbotschaften!

Einige fröhliche Wochen zogen ins Land, in denen Harry viel Zeit in seinem Zuhause in Hagsfeld als auch dank Ria und Ralfs „Taxifahrten" bei seinem Sohn in Leopoldshafen verbrachte. Wenn kein Schwimmwetter war, machten sie oft eine Wanderung um den romantischen See.

Doch eines Tages klingelte das Telefon besonders schrill und laut. Ein ungutes Gefühl beschlich Ria und die Katzen. Mit zitternder Hand hob Ria den Hörer ab. Am Telefon war Kurt. Er berichtete, was ihm sein Freund, der jetzige Kripochef, soeben am Telefon mitgeteilt hatte: Zeitgleich waren die Hell Cats aus den Tierheimen ausgebrochen.

Es gab keine Spuren, wohin sie geflüchtet waren. Nun bestand wieder eine hohe Gefahr für Harry, dass die Hell Cats erneut versuchen würden sich an ihm zu rächen.

Sogleich nach dem Anruf rannte Ria die Treppe hoch zu Ralfs Büro und teilte ihm mit, was passiert war. Sie sagte: "Das Wetter ist schön und sonnig. Lass uns bitte schwimmen gehen, und Harry und unsere zwei Jungs bringen wir zu Harrys Sohn. Er sollte für einige Tage oder Wochen wieder bei Margot bleiben, dann ist er sicher. Der jetzige Kripochef möchte die Hell Cats suchen lassen. Sie kommen dann in ein spezielles Tierheim für schwer erziehbare Katzen, aus dem sie nicht mehr so einfach ausbrechen können."

Gesagt getan!

Ria und Ralf richteten die Badetasche, zogen sich um, fuhren zu Harry, nahmen ihn mit und fuhren zu Margot, wo die drei Jungs ausstiegen, und dann weiter zum See.

Nach etwas mehr als zwei Stunden Schwimmen kamen Ria und Ralf wieder bei Margot vorbei, die im Garten eine kleine Kaffeetafel gerichtet hatte, auf der ein selbstgebackener Kuchen stand. Die beiden nahmen sich noch ein Stündchen Zeit und genossen das tolle Angebot.

Danach nahmen sie Max und Miraculus wieder mit nach Hause. Mit einem lachenden und einem weinenden Auge blieb Harry bei seinem Sohn. Doch da das Wetter gut bleiben sollte, wollten Ria und Ralf noch öfters schwimmen gehen. So war das Treffen mit ihm gesichert, und er erst einmal außer Gefahr!

Einige Tage waren vergangen, in denen sich Harry wieder gut in Leopoldshafen bei seinem Sohn eingelebt hatte. Auch Margot genoss es nun, zwei Charmeure im Haus zu haben. An einem Donnerstagmorgen klingelte Rias Telefon wieder auf die gleiche unangenehme Art und Weise wie damals, als Kurt die schlechte Nachricht über den Ausbruch der Hell Cats kund getan hatte. Tatsächlich war wieder Kurt am Telefon. Erneut hatte ihn sein Freund, der jetzige Kripochef, über die Geschehnisse rund um die Hell Bikers und die Hell Cats in Kenntnis versetzt.

Das Unglaublichste war geschehen: die Hell Bikers waren gemeinsam aus dem Gefängnis ausgebrochen. Man fand eine Metallsäge, mit der sie die Gitterstäbe

von mehreren Fenstern durchgesägt hatten. Die Spurenanalyse ergab, dass einer der Hell Cats am Gefängnis hochgeklettert war und die Säge höchstwahrscheinlich in der Schnauze mitgeführt hatte.
Nachdem die Gitterstäbe des ersten Fensters entfernt waren, seilten sich die Hell Bikers an und entfernten die Gitter der Nachbarzellen, in denen ihre Blutsbrüder eingesperrt waren.
So konnten sich alle aus ihren Zellen befreien, indem sie sich auf den Hof abseilten und in Windeseile verschwanden.
Höchstwahrscheinlich hatten die Katzen auch schon in ihrem Versteck weiteren Platz für die Hell Bikers geschaffen. Da die Polizei bis jetzt das Versteck der Katzen nicht gefunden hatte, blieb auch die erste Suchaktion nach den Hell Bikers erfolglos.
Ria und Ralf setzten sich zusammen mit Max und Miraculus gemeinsam ins Auto und fuhren nach Leopoldshafen, wo sie Margot, Harry und seinen Sohn informierten. Zwei Hiobsbotschaften nacheinander waren
schwer zu ertragen, doch Harry und sein Sohn sagten nichts dazu, sie knirschten nur mit den Zähnen!

Kapitel 52
Erstaunliche Neuigkeiten

Es vergingen Stunden, Tage und Wochen, in denen Ria und Ralf auf einen Anruf von Kurt König warteten. Da dieser ausblieb, rief ihn Ria schließlich an. Kurt und sein Freund, der jetzige Kripochef, hatten die ganzen letzten Wochen nach den Hell Bikers und ihren Katzen suchen lassen, doch nirgends war eine Spur von ihnen aufgetaucht. Doch genau an diesem Morgen, als Ria zum Telefon griff, hatte sich etwas Seltsames ereignet. Der jetzige Kripochef war ein großer Freund von Texas und Florida, denn dort verbrachte er jedes Jahr ein bis zwei Urlaube. Mit dem Chef des FBI in Florida, Mike Mortimer, war er sogar befreundet, und dieser hatte ihn auch schon in Deutschland besucht. Alle paar Wochen rief er an und berichtete, was in Miami in der letzten Zeit passiert war.

Heute Morgen hatte er sich wieder einmal bei ihm gemeldet und berichtet, dass eine deutsche Motorradgang samt ihrer Katzen sich eine Ranch am Meer gekauft habe. Er zählte die Namen der Mitglieder auf, und so wusste der Kripochef, dass tatsächlich alle Bandenmitglieder aus Deutschland geflohen waren.

Lothar berichtete Mike, welche Delikte die Hell Bikers zusammen mit ihren Katzen begangen hatten und gab ihm den Rat, die Bande genaustens beobachten zu lassen. Der Grund für ihre Flucht nach Florida war die Angst, in Deutschland gefasst zu werden, als auch näher bei den drogenproduzierenden Ländern zu sein.

Höchstwahrscheinlich wollten sie den Drogenhandel ausweiten.

Mike bedankte sich bei Lothar und versprach, sie genaustens überwachen zu lassen und sich sofort zu melden, sobald sie wieder in einem Knast gelandet waren. Das war natürlich eine sehr gute Nachricht für Harry und Tamara und Tom, denn nun konnte er ohne Angst in sein Zuhause zurückkehren.

Ria und Ralf fuhren mit Max und Miraculus noch am gleichen Morgen zu Margot, und berichteten Harry und seinem Sohn die guten Neuigkeiten. Zur Feier des Tages brachte Margot eine Flasche gut gekühlten Sekt und drei Gläser in den Garten, wo sie auf die neue Freiheit von Harry anstießen. Bald darauf verließen sie Margot, denn es musste noch Katzenfutter gekauft werden.

Doch, als die drei Katzen auf den Rücksitz des Autos sprangen, hatten Margot und Harrys Sohn eine kleine Träne im linken Auge, da sie sich so gut aneinander gewöhnt hatten. Margot sagte: "Der zweite Charmeur wird mir fehlen!"

Ria hatte einen guten Trost, sie sagte:"Am Donnerstag bist du mit Harrys Sohn bei uns zu Kaffee und Kuchen eingeladen!" Sogleich erschien ein Lächeln auf beiden Gesichtern!

Kapitel 53
Der Geburtstag von Max

An einem Freitag, dem 13., wurde Max sieben Jahre alt.
Der gesamte Stammtisch erschien am Angelsee und
feierte mit ihm zusammen.
Da Ria und Ralf am Vormittag im Großmarkt einkaufen
gewesen waren, hatten sie auch nach Fisch geschaut,
beziehungsweise den Metzger danach gefragt. Er hatte
noch einige Reste vom Vortag vom Thunfisch und vom
Lachs, und als er hörte, dass eine größere Katzenge-
meinde genauso den Geburtstag mit Freunden feiert,
wie es die Menschen machen, entschloss er sich, Ria
und Ralf, beziehungsweise den Katzen, den Fisch zu
schenken.
Am Nachmittag fuhren Ria und Ralf die Katzen zum Angelsee. Sie hatten einen alten Teppich dabei, auf dem
es sich die Katzen gemütlich machen konnten. Die
Fischspezialitäten lagerten auf einer großen Platte. Die
meisten Katzen kannten Ria und Ralf schon und begrüßten sie sehr herzlich. Doch dann fuhren die beiden
wieder nach Hause und ließen die Katzen alleine feiern.
Als die Party in vollem Gange war, hörten sie in weiter
Ferne das Dröhnen und Donnern schwerer Motorräder.
Die Katzen schauten sich entgeistert an und fürchteten
einer Falschnachricht aufgesessen zu sein, nämlich
dass die Hell Bikers und ihre Katzen gar nicht in Amerika waren, sondern hier in Deutschland. Die meisten
Katzen suchten hektisch nach einem Versteck, wäh-

rend Miraculus seine Freunde beruhigte, und sie an-
wies, hier zu bleiben. Max fragte ihn verwundert: "Warum hast du keine Angst? Es könnten doch die Hell
Bikers mit ihren Harleys kommen?"
Miraculus lächelte süffisant und antwortete: "Ihr habt
alle nicht so gute Ohren wie ich, denn ich höre, dass
diese Maschinen etwas leiser sind und weniger PS haben!"
Schon näherten sich vier Männer auf schönen Motorrädern, doch sie hatten kein Interesse an den Katzen. Sie
bemerkten sie noch nicht einmal, da sie auf die Straße
schauten. Als sie um die nächste Kurve verschwunden
waren, saßen wieder alle Katzen bequem auf Rias Teppich und feierten weiter bis in die Nacht!

Kapitel 54
Die Katze lässt das Mausen nicht!

Hätten die Hell Bikers und ihre Katzen gewusst, dass sich „ihre Sünden" bereits in Florida herumgesprochen hatten, und sie unter strengster Beobachtung des FBI standen, welche alle ihre Gespräche abhörte und genau wusste, wo sie sich mit den Drogenlieferanten aus Panama treffen wollten, um das Kokain zu übernehmen, wären sie nicht sehenden Auges in ihr Unglück gerannt. Doch 30 FBI Leute mit Maschinenpistolen zielten auf sie, und die hellsten Strahler hatten die Nacht zum Tag verwandelt! Die Polizisten fesselten die Bande mit Hand- und Fußfesseln und in einem ausbruchsicheren Gefangenenwagen wurden sie in das härteste Gefängnis amerikas verfrachtet.

Ihre Katzen wurden an verschiedene Tierheime verteilt und ebenfalls eingesperrt. Die nächsten Wochen sollten Tiertrainer mit ihnen arbeiten.

Das teilte Mike Mortimer noch am gleichen Tag seinem Freund Lothar in Deutschland mit, der wiederum Karl König und dieser Ria und Ralf verständigte.

Nun ging ein Aufatmen durch die Runde der Katzen und ihrer Freunde.

Nicht nur, dass die Hell Bikers und ihre Katzen fast 8000 Kilometer entfernt lebten, nein, sie hatten jetzt noch meterdicke Mauern um sich. Alle bezweifelten, dass ihnen ein erneuter Ausbruch gelingen würde. Doch Miraculus warnte vor zu viel Euphorie. Er mahnte trotzdem zur Vorsicht, denn niemand wusste, ob alle

Bandenmitglieder im Knast saßen, oder ob sie in Amerika, oder vorher in Deutschland, vor ihrer Flucht noch weitere Verbrecher rekrutiert hatten.

Max, der unzählige Male erlebt hatte, dass Miraculus mit seinen Vorahnungen ins „Schwarze" getroffen hatte, bekam regelrecht Bauchschmerzen.

Kapitel 55

Der Einbruch

Tamara und Tom freuten sich sehr, dass er nun wieder ohne Angst vor Rache und Bedrohung bei ihnen wohnen konnte. Eines Nachts, kurz nach Mitternacht, wurde Tamara, durch ein schepperndes Geräusch aus dem Schlaf gerissen Sie weckte Tom, der anscheinend tief schlief.
Er fragte sie: „Was ist denn los, und warum hast du mich aufgeweckt? "
Tamara flüsterte leise: "Ich bin durch ein lautes Geräusch aufgewacht. Es hörte sich an, als hätte jemand eine Scheibe des Wohnzimmers zertrümmert."
Tom bewaffnete sich mit einem Golfschläger, dem Driver, den er stets unter dem Bett versteckt hatte, und schlich vorsichtig die Holztreppe hinunter. Da heute Vollmond war, konnte er die Umrisse zweier Schatten im Wohnzimmer stehen sehen. Da er aus dem Dunklen kam, sahen ihn die zwei Männer nicht.
Er wollte gerade ausholen und zuschlagen, als ihn der eine Mann bemerkte. Dieser sprang schnellstens zurück und bekam so nichts ab.   Doch der andere holte sich einen ordentlichen Schlag in den Rücken, rannte dann aber doch noch davon. Schnellstens benachrichtigte Tom die Polizei. Vielleicht bestand noch eine Chance einen oder beide zu verhaften. Doch als die Polizisten nach einer Viertelstunde erschienen, waren die Einbrecher verschwunden. Tom hatte um sein Haus mehrere helle Strahler und kontrollierte die Eingänge

und die Haustüre. Er fand keine weiteren Beschädigungen als das Wohnzimmerfenster, das zersplittert auf dem Boden lag. Allerdings hörte er, als er im Freien war, in der 500 Meter entfernten Hauptstraße, das Anlassen von großmotorigen Motorrädern, es war das typische Röhren von Harleys. Deshalb dachte er gleich an die Hell Bikers. Die Polizei kam ins Haus, machte Fotos und suchte nach Spuren. Tom informierte sie, was er gehört hatte und berichtete auch davon, dass Kater Harry von den Hell Bikern bedroht worden war. Er ergänzte, dass sie nun allesamt nach Amerika geflüchtet und im Gefängnis gelandet waren. "Eventuell sind nicht alle der Hell Bikers verhaftet worden, und ein paar sind wieder nach Deutschland gereist, um dort Drogen zu verkaufen," meinte der Polizist, der den Einbruch aufgenommen hatte.

Er versprach, dass sie bei Tagesanbruch die alten Quartiere dieser Verbrecher kontrollieren würden. Nachdem die Polizisten wieder gegangen waren, sicherte Tom das kaputte Wohnzimmerfenster mit einer großen Schaltafel. Er sagte zu Tamara: "Heute kommen die Einbrecher 100% nicht mehr. Wir können wieder ins Bett gehen und weiterschlafen."

Doch Tamara war so aufgeregt, dass sie keinen Schlaf mehr fand und die ganze Nacht einen Krimi las, obwohl sie selbst vor einigen Minuten einen Krimi erlebt hatten.

Kapitel 56

Neues vom Angelsee

Nach einer etwas längeren Pause trafen sich alle Katzen wieder am Angelsee. Grund für die Pause war der Einbruch bei Tamara und Tom. Harry versteckte sich erneut bei Margot und seinem Sohn. Auch waren einige Katzen krank oder mit ihren Freunden verreist gewesen. Doch heute vermisste jeder Harry und fragte nach ihm. Obwohl er oft laute und lange Reden gehalten hatte, die nicht allen gefielen, machten sich die Katzen Sorgen um ihn, weil er in Todesangst leben musste und den weiten Weg nach Hagsfeld nicht jedes Mal bewältigen konnte.

Da Weihnachten vor der Tür stand, überlegten sich die Stammtischmitglieder, was sie für Harry tun könnten. Max und Miraculus, die mit Emma und Erna und allen Kindern erschienen waren, konnten einiges über Harry berichten, da Ria und Ralf sie öfters zum Besuch von Margot mitgenommen hatten. Es war immer ein lustiges Treffen, wenn sich die Menschen zu Kaffee, Kuchen und Sekt trafen und Harry und sein Sohn so viel Besuch hatten.

Margot arbeitete ehrenamtlich beim Tierschutzverein Eggenstein-Leopoldshafen. Sie hatten vor kurzem ein Zwergpony bekommen, weil dessen Familie ausgewandert war. Es war sehr klein und niedlich, und Margot suchte eine gute Adresse für das Pony, damit es liebevoll behandelt würde, und sie eine Familie fände, die es fütterten und pflegten.

Margot hatte die Idee gehabt, dass Harry mit dem Pony doch auch einmal zum Stammtisch reiten könnte, denn das Pony hätte die 15 Kilometer auch mit Harry auf dem Rücken gut bewältigt, denn es liebte es Auslauf zu haben. Deshalb kam Miraculus auf die Idee, dass sie doch ihre menschlichen Freunde fragen könnten, ob nicht einer oder mehrere zusammen, das Pony adoptieren wollten, so könnte es bei jedem die Mäharbeiten verrichten und Dünger für den Garten gäbe es noch kostenlos dazu. Nur im Winter müsste etwas Futter und Stroh dazu gekauft werden, aber das fiele bei so einem kleinen Pony nicht ins Gewicht. Unter Margots Anleitung war Harry schon ein paarmal auf seinem Rücken gesessen und nicht abgestiegen. Das Pony war äußerst gelehrig, und wenn ein Mensch dem Pony einmal den Weg von Leopoldshafen nach Hagsfeld gezeigt hätte, würde es diesen Weg immer wieder finden. So beschlossen die Katzen, bevor sie den Stammtisch verließen, ihre menschlichen Freunde zu fragen, ob eine oder mehrere Familien bereit wären, das Pony aufzunehmen.

Noch am selben Tag fragten sie Ria und Ralf sowie ihre Nachbarfreunde Heidi und Hans. Beide Familien sagten zu, und die Katzen tanzten vor Freude auf den Hinterbeinen!

Kapitel 57
Weg und Ziel

Margot, die sehr gern wanderte, entschloss sich mit Harry und dem Pony Petrus durch den Hardtwald von Leopoldshafen nach Hagsfeld zum Angelsee und von dort zu Ria und Ralf zu wandern. Sie teilte ihren Entschluss Ria und Ralf mit, die sich freuten, dass Margot einen solch langen Weg auf sich nehmen würde, um dem Pony einmal den Weg zu zeigen. Ria versprach, dass sie Margot und Harry nach dem langen Marsch wieder nach Hause fahren würden, aber erst nachdem sie Kaffee getrunken, Kuchen gegessen und eine Flasche Sekt gemeinsam geköpft hätten. Das Pony könnte dann gerne bei ihnen bleiben, denn sie hatten schon Futter und Stroh gekauft samt einem kleinen trockenen Unterstand, in welchen das Pony gehen konnte, wenn es regnete, oder es schlafen wollte.

Margot sagte: "Das freut mich aber sehr, wenn ich die Strecke nur einmal laufen muss. Sobald Harry wieder einmal zum Angelsee will, verständigt ihr mich bitte und sagt zu dem Pony: "Lauf zu Margot!"

Das Pony kennt diesen Befehl und wird zu mir kommen. Ihr braucht keine Angst haben, wenn es eine Straße überqueren muss, denn auch das habe ich mit ihm geübt, dass er auf den Verkehr achten muss. Es wurde für die Menschen ein sehr lustiger Nachmittag im Wintergarten, als auch für die Katzen, welche etwas später alle gemeinsam zum Angelsee nach Hagsfeld wanderten, an dem der freitägliche Stammtisch tagte.

Als die Katzen sahen, dass Max und Miraculus Harry mitgebracht hatten, applaudierten sie ihm und begrüßten ihn wie einen Star.

Nach drei Stunden kamen die Katzen wieder zurück, und nachdem der Sekt ausgetrunken war, fuhren Ria und Ralf Margot und Harry wieder nach Hause. Das Pony blieb im Garten und inspizierte alle Grenzen und seinen neuen Unterstand.

Kapitel 58
Unerwartetes geschieht

Mehrere Wochen funktionierte der „Pony Express" durch den Hardtwaldt für Harry sehr gut. Nun war er wieder fast jede Woche mit dabei.

Ria telefonierte des öfteren mit Karl König, der bestens über den Stand der Ermittlungen bezüglich der Hell Bikers informiert war. Sie saßen in Amerika im Gefängnis und nirgends waren Mitglieder der Bande mit Raubüberfällen oder anderen Straftaten aufgetaucht, die ihre Handschrift trugen. Außer des Einbruchs bei Tamara und Tom gab es nur Vermutungen, dass noch einige auf freiem Fuß waren.

„Dieser Einbruch könnte auch von anderen Dieben durchgeführt worden sein," berichtete Karl König, der von Lothar gehört hatte, dass einige osteuropäische Banden im Südwesten tätig waren. Ria und Ralf luden Karl öfters zum Kaffee oder Abendessen ein, oder er informierte sie.

Doch eines Tages, als es abends schon deutlich früher dunkel wurde, saßen die Katzen noch am Angelsee, als eine Gruppe Harleys sich dem See näherte. Auf der Höhe der Katzen bremsten sie ihre Maschinen ganz ab, sprangen herunter, zogen aus einem Gürtelhalfter ihre Pistolen und schossen auf die Katzen.

Es wäre ein schlimmes Massaker geworden, hätte Miraculus die Situation nicht vorher erkannt und laut geschrien: "Schnell in Deckung gehen!" Ein Kugelhagel ging über ihre Köpfe hinweg. Ein Streifschuss erwischte

Harry. Er blutete ein wenig am rechten Ohr. Sofort nach dem Schusswechsel sprangen die Männer wieder auf ihre Motorräder und rasten davon. Max und Miraculus nahmen Harry in ihre Mitte und liefen so schnell es möglich war zu Ria und Ralf. Da sie vor dem Wintergarten kläglich und laut miauten, schauten die beiden sogleich nach ihnen und entdeckten das blutige Ohr von Harry. Ralf desinfizierte es und verband ihm das Ohr, während Ria den Tierarzt anrief und fragte, ob sie noch kommen dürften. Eigentlich war seine Sprechstunde schon zu Ende, doch Ria und Ralf kannte er gut, und er mochte sie, denn Ria hatte ihm schon einmal eines ihrer selbst geschriebenen Katzenbücher geschenkt. Der Tierarzt bat sie, so schnell wie möglich vorbeizukommen.

Er schaute sich die Wunde an und lobte die Verarztung der beiden, gab Harry noch eine Spritze und ordnete an, dass er noch mehr als üblich schlafen sollte, dann wäre er in einer Woche wieder fit. Da es zwischenzeitlich schon dunkel geworden war, rief Ria Margot an und berichtete, was vorgefallen war, und dass sie Harry nun mit dem Auto vorbei bringen würden, denn für das Pony war es zu spät.

Kapitel 59
Ein neuer Plan

Nach dem Attentat auf die Katzen redeten sich Ria und Ralf sowie ihre Freunde die Köpfe heiß, was unternommen werden könne um die Hell Bikers in eine Falle zu locken.

Karl König war bei den Gesprächen dabei und versprach seinem Nachfolger die Pläne zu unterbreiten, falls sich eine Möglichkeit finden ließ. Ria bestand darauf, dass sich die Katzen nicht mehr am Angelsee treffen sollten, weil die Mörderbande jederzeit wieder vorbeifahren und auf sie schießen könnte. Nur durch die Hellsichtigkeit von Miraculus war das Schlimmste verhindert worden.

Theoretisch hätten alle Katzen ermordet werden können. Sie schlug vor, dass sich in Zukunft alle Katzen in ihrem Garten treffen sollten, denn der Garten war sicher, da sich eine große Pferdeweide, die eingezäunt war, davor befand. Die Hell Bikers konnten nicht aus einer Entfernung von 100 Metern die Katzen treffen.

Karl König meinte: "Das ist eine gute Idee! Es sei denn, die Katzen wollten lieber einen neutralen Treffpunkt haben, wo sie unter sich sein können. Der Angelsee wird auf jeden Fall die nächsten zwei Wochen von zwei Polizisten observiert. Falls die Hell Bikers oder ihre neue rekrutierten Mitglieder vorbeifahren, werden sie verhaftet."

Ria fragte die Katzen, ob sie ihren Garten als Treffpunkt akzeptieren würden. Die meisten Katzen freuten sich über das Angebot und waren dankbar.

Nur ausgerechnet Harry, der verwundet worden war, sagte: "Wir lassen uns von diesen Verbrechern doch nicht von unserem schönen Angelsee vertreiben!"

Miraculus widersprach ihm heftig: "Du willst wie immer mit dem Kopf durch die Wand! Doch gegen tödliche Kugeln ist auch dein Kopf nicht geschützt."

Die Mehrheit der Katzen gab Miraculus recht, und ab dem nächsten Freitag fand der Treffpunkt im Garten von Ria und Ralf statt.

Kapitel 60
Ein geheimes Gespräch

Als Max alleine auf der großen Pferdeweide beim Mäusefang war und Ralf vor der Garage das Auto putzte, kam Miraculus in die Küche zu Ria und fragte, ob er mit ihr einmal unter vier Augen sprechen dürfte ."Natürlich!", antwortete Ria, "komm, lass uns in den Wintergarten gehen, da ist es gemütlicher!" Miraculus sagte: "Ich habe noch eine Mission zu erfüllen und muss euch bald verlassen!" Ria sagte: "Aber du kannst uns doch nicht verlassen, denn die Katzen hören auf dich und du hast allen das Leben gerettet."
Miraculus lächelte und sagte: "Das Problem mit den Hell Bikers wird sich in der kommenden Woche von selbst erledigen, denn die drei bis vier Hell Bikers, die noch auf freiem Fuß sind, werden verhaftet werden. In meinem früheren Leben hatte ich einen wunderbaren Freund, nämlich den Alchemisten des Königs. Bei einem seiner Experimente gab es eine Explosion, und er wurde getötet. Mich hat er durch einen Zauberspruch noch retten können, weil er mich in die Zukunft geschickt hat. So bin ich bei euch gelandet und hatte eine wunderschöne Zeit, die ich nie vergessen werde. Aber es ist nicht so, dass wir uns niemals wiedersehen werden, denn im Wonnemonat Mai werde ich jedes Jahr wieder kommen, denn da unternimmt und unternahm mein Alchemist selbst immer eine Zeitreise, bei der er seine verstorbenen Verwandten besucht. Wir werden uns also jedes Jahr für vier Wochen wiederse-

hen können. Aber nun muss ich zurückreisen und meinem alten Freund ein neues Leben schenken. Eigentlich hätte ich dir dieses Geheimnis nicht erzählen dürfen, doch da ich weiß, dass du selbst über eine Hellsichtigkeit verfügst, wollte ich zu dir offen und ehrlich sein. Nur eines möchte ich nicht, dass du mit den Katzen und deinen Freunden darüber sprichst, denn dieses Wissen wäre eine zu große Belastung für sie. Doch ich möchte auch nicht einfach gehen, ohne mich zu verabschieden. Hast du eine Idee, wie ich mich verhalten könnte?"

Ria schwieg eine ganze Weile und dachte nach, dann sagte sie: "Sage einfach allen, dass du erfahren hast, dass deine Mutter krank geworden ist, und du sie besuchen musst um ihr zu helfen. Das werden alle verstehen, auch wenn es mehrere Monate dauert. Und im schönen Mai ist unsere Warterei vorbei, denn da kommst du ja wieder zu Besuch!"

Miraculus antwortete: "Das ist eine sehr gute Idee! So werde ich es machen! Ich bleibe noch bis Sonntag und in der Nacht werde ich geräuschlos verschwinden!"

Er schmuste noch mit Ria bis Max vor der Wintergartentüre stand und etwas eifersüchtig und grimmig hereinschaute.

Nachwort

Liebe Katzenfreunde und Leser,
"Quae finem habet, nisi habeat facimen duo!"
"Alles hat ein Ende, nur die Wurst hat zwei! "
Mit diesem Sprichwort wird scherzhaft zum Ausdruck gebracht, dass alles einmal aufhören muss: Ein Urlaub, eine Reise, eine Arbeit, eine Aufgabe, ein Buch und jedes Leben!
Laotse formulierte vermutlich im sechsten Jahrhundert vor unserer Zeitrechnung die Verbindung von Anfang und Ende mit dem Satz: "Es gibt mehr Dinge zwischen Himmel und Erde, als wir mit unserem Verstand erkennen können!"
William Shakespeare formulierte diese Tatsache ähnlich, er lässt Hamlet zu Horatio sagen: "Es gibt Dinge zwischen Himmel und Erde, von denen sich eure Schulweisheit nichts träumen lässt! "
Dante Alighieri, Italiens größter Dichter, hat in der "Göttlichen Komödie" die Hölle facettenreich beschrieben. Die Komödie spielt Anfang des 14 Jahrhunderts, und er beschreibt mit scharfer Kritik die Zustände seiner Zeit. Dante möchte mit seinem Werk, das aus 14000 Versen besteht, die Lebenden aus dem Zustand des Elends herausholen, und sie zum Zustand des Glücks hinführen. Der Weg heißt: "Vom Inferno zum Paradies!", oder wie schon im Vorwort von Mark Twain zitiert: "Gib jedem Tag die Chance, der schönste deines Lebens zu werden!"

Danksagung

Herzlichen Dank an Beaubu, der durch seine Streiche und Späße einige Kapitel beigesteuert hat.
Vielen Dank an meinen Co-Autor Dustin Honester für die computertechnische Aufbereitung und Herstellung des Buches.
Lieben Dank allen Freunden und Bekannten für lustige Katzengeschichten, Tipps, Fotos und WhatsApps.

Sonnenwolken   Lyrik
184 Seiten

erschienen 2016 bei Twentysix   ISBN: 978-3740709259, 5,49 € als
Kindle Edition,   7,99 € als Taschenbuch.

Ganz im Sinne Erich Kästners findet sich in diesem Buch eine
Sammlung heiterer und bissiger Gedichte mit Witz und Ironie, mit
Magie und Poesie, mit und ohne Zähne fletschen, welche mit Humor
durch das Jahr führen. Die vier Jahreszeiten werden beschrieben als
auch die inzwischen schon absurd anmutenden Anstrengungen für
die größten Feste des Jahres. Ein kunterbunter Reigen führt durch
das Jahr, dessen Tage fliegen wie die Sitze eines Karussells, das sich
viel zu schnell dreht.

**Adieu, liebe Mutti Erinnerungen an ein langes Leben
208 Seiten**

erschienen 2016 bei Twentysix ISBN: 978-3740710811, 7,99 € als
Kindle Edition,   19,99 € als gebundene Ausgabe

„Mors certa, hora incerta" - „Der Tod ist gewiss, die Stunde unge-
wiss."
Matthias Claudius (1740 -1815)
Jeder Mensch geht diesen Weg. Er führt von der Geburt zum Tod.
Die Begrenztheit der Lebenszeit macht sie so kostbar.
„Die zwei Gebote Liebe das Leben und denke an den Tod!
Tritt, wenn die Stunde da ist, stolz beiseite. Einmal leben zu müssen
heißt unser erstes Gebot.
Nur einmal leben zu dürfen, lautet das zweite."
Erich Kästner (1899 – 1974)

Das nächste Leben
Fantasy – Reality – Science Fiction
176 Seiten

erschienen 2017 bei Twentysix ISBN: 978-3740734602, 4,49 € als Kindle Edition, 6,99 € als Taschenbuch

Gibt es ein Leben nach dem Tod?
Diese Frage stellt sich jeder mindestens einmal. Die Wissenschaft kann keine Erklärungen bieten. Selbst der Pontifex, der Vertreter Gottes auf Erden, fragt bei Raumfahrern nach, ob sie etwas gesehen hätten, das in höheren Sphären auf Leben hindeutet. Dieses Buch gibt Antworten auf diese Frage. Es ist eine bunte Mischung aus Phantasie, Träumen, Erinnerungen und Ahnungen. Gibt es wirklich den "7. Sinn" und das "2. Gesicht"? In allen alten Mythen der Menschheit gibt es die Wiederauferstehung. Das war in fernen Zeiten ein Credo. Dieser Bericht über das Jenseits ist mit dem Leben der Protagonisten verwoben und lässt Hoffnung aufkommen ...

Donnerwetter   Lyrik mit Geist, Humor und Biss
452 Seiten

erschienen 2017 bei Twentysix ISBN: 978-3740735333, 10,99 € als Kindle Edition, 25.- € als gebundene Ausgabe

Amüsant - bitterböse - charmant - dämonisch - elegant - fein - glücklich - heiter - intelligent - jung - klug - lästerlich - meisterhaft - neugierig - opulent - paradox - qualitätsvoll - rigoros - schelmisch -toll - unglaublich - verrückt - wahr - xerographisch - yohimbin – zärtlich

Im neuesten Gedichtband "Donnerwetter" von Kim Walter kriegt jeder sein Fett ab. 365 Gedichte - eines für jeden Tag!
Romantik, Humor und Zynismus wechseln sich ab, wie das Wetter eines Jahres. "Bitte nur in Tagesdosen verwenden, sonst werden die Lachmuskeln überstrapaziert", so der gut gemeinte Rat eines Buchkritikers. Ein Aufschwung für die deutsche Lyrik - einfach unglaublich!

KCK Die Spürnasen Connection
240 Seiten

erschienen 2018 bei Twentysix ISBN: 978-3740743980, 6,99 € als
Kindle Edition, 9,99 € als Taschenbuch

KCK ist ein Detektivbüro, das vorwiegend Fälle aufklärt, bei denen
Katzen die Hauptrolle spielen. Aber auch bei Morden und Mordver-
suchen, illegalen Tierversuchen, Entführungen und dem Auffinden
verschwundener Lebewesen oder Gegenstände sind die Hauptakteure
Karlos, sein Sohn Carlito und Kim, die Autorin, ein gut eingespieltes
Team. Die Katzen begleiten ihre Familien selbst in ihre Urlaube, wo
sich rein zufällig wieder Kriminalfälle ergeben. Schauplätze sind das
malerische Tessin mit dem schönen Lago Maggiore, die italienische
Adria und ihr interessantes Hinterland, die Pfalz und Karlsruhe, die
ehemals badische Hauptstadt.
Begleiten Sie die Katzendetektive bei ihren Nachforschungen, die
mit Spürsinn und dem spirituellen siebten Sinn verwoben sind.

Neues aus Katzenhausen - Alles für die Katz' und ihre Freunde
224 Seiten

erschienen 2018 bei Twentysix ISBN: 978-37407746049, 5,99 € als Kindle Edition, 9,99 € als Taschenbuch

Dieses Buch bietet Einblicke, was auf Rassekatzenausstellungen, beim Joggen, beim Friseur, bei Faschingsveranstaltungen, Reisen und selbst in den "dunkelsten" Stunden passieren kann, wenn widrige Umstände eine junge Frau zur Pfandleihe gehen lassen. Katzen und Freunde bestimmen in vielen Fällen das Leben der Menschen, die in schwierigen Situationen mit den Samtpfoten in Kontakt kommen. Zufall oder Schicksal? Zur Freude, Erkenntnis und zum Amüsement noch etliche Katzengedichte, -witze, -zitate und -sprichwörter garniert mit eigenen Karikaturen und Zeichnungen. Auch Rekorde, welche einzelne Tiere aufgestellt haben, bleiben nicht unerwähnt. Ein Buch für Katzenfreunde und deren Freunde.

Bei der Lektüre ist sicherlich nicht "Alles für die Katz'!"

Die Reise unseres Lebens
308 Seiten

erschienen 2019 bei Twentysix ISBN: 978-3-740752811, 6,99 € als Kindle Edition, 13.-€ als Taschenbuch

Dieses Buch ist eine Offenbarung für Katzenfreunde, Krimifans, Reiseabenteurer und Gourmets. Wunderbare Erlebnisse und Reisen zu den schönsten Landschaften und Städten, zu altehrwürdigen Grandhotels mit mannigfaltigen Genüssen, ob Essen, Getränke oder der angenehmen Atmosphäre in den Zimmern, Suiten oder den Häusern selbst, wechseln sich ab mit gefährlichen Abenteuern. Dr. Jekyll, ein Kater mit Spürsinn und Sprachkenntnissen, begleitet mit Miss Hyde, seiner angebeteten Kätzin, zwei junge Frauen bei der "Reise ihres Lebens." Aus seiner Perspektive berichtet der Kater über die Freuden und Leiden während dieser Zeit, die durch seinen und Miss Hydes Einsatz wesentlich entschärft werden. Mehr als einmal retten sie den Mädchen das Leben. Auch die Liebe kommt nicht zu kurz, sondern im Doppelpack.

Kamikater
260 Seiten

erschienen 2019 bei Twentysix ISBN: 978-3-740708917, 6,99€ als Kindle Edition, 11.-€ als Taschenbuch

Auge in Auge mit dem Tod beginnt sein Leben. Während der Verfolgungsjagd seiner Eltern durch die Rotterbande gebärt die Mutter in einer kurzen Verschnaufpause ihren Sohn. Die Feinde rücken näher, die Flucht geht weiter. Blind und voller Angst versteckt sich der Neugeborene im Rinnstein. Der Straßenrand ist sein Blindenstock. Er führt ihn in ein liebevolles Zuhause auf einem Bauernhof. Nach einer kämpferischen Ausbildung stehen Abenteuer, die Bekämpfung von Verbrechen und schließlich die Liebe auf seinem Stundenplan. "Kamikater" - Ein spannender Katzenthriller, der alle Freunde der Samtpfoten mit seinem Nervenkitzel den Atem nimmt.
Der spannendste Katzenthriller aller Zeiten. Sehr empfehlenswert, aber Vorsicht: hochexplosiv!!!

Transformer . Science Fiction Katzenkrimi
160 Seiten

erschienen 2020 bei Twentysix ISBN: 978-3-740762254, 3,44€ als Kindle Edition, 8,99€ als Taschenbuch

Im Science Fiction Katzenkrimi "Transformer" erfahren Sie etwas Wunderbares! Tom und Tamara haben zwei Leben: tags als Menschen, nachts werden sie zu Katzen. Begleiten Sie die Abenteurer auf ihre Reise nach Spanien, Südfrankreich und ans Schwarze Meer.

Doch lesen Sie selbst, Sie werden es nicht bereuen.

**Das 13. Gebot: Vergeltung statt Vergebung
344 Seiten**

erschienen 2020 bei Twentysix ISBN:978-3-740764739,
8,99€ als Kindle Edition, 12,99€ als Taschenbuch

Die 52 Krimis der Sammlung "Das 13. Gebot:
Vergeltung statt Vergebung!" gehört in die Extraklasse
der spannenden sowie schwarzhumorigen Klassiker
von Ambros Bierce, Edgar Allen Poe, Stephen King und
Roald Dahl!
In diesem Krimiband wird mit Pflanzengenen, Standuh-
ren, vergiftetem Alkohol, Skorpionen, Pudeln und Gift
gemordet.
Erstaunlich, wovon man einen "Hexenschuss" bekommen kann. In der "Schule der Angst" wütet der Tod und
"Othello", eine hölzerne Figur, bekommt menschliche
Gefühle. Vorsicht ist bei "Gift-Anny" zu empfehlen als
auch bei "Bayerischen Schmankerln."

Das 14. Gebot: Auge um Auge, Zahn um Zahn
276 Seiten

erschienen 2020 bei Twentysix   ISBN: 978-3-740769062, 7,49€ als Kindle Edition, 13.-€ als Taschenbuch

Wie in dem im Frühjahr erschienenen Krimiband "Das 13. Gebot: Vergeltung statt Vergebung" werden in diesem Buch "Das 14. Gebot: Auge um Auge, Zahn um Zahn!" schwarzhumorige und spannende Krimis erzählt. Ein "Tauchunfall" endet in einem Doppelmord und zur Weihnachtszeit geschehen mehr Verbrechen als übers Jahr. Eine Beerdigung ist mehr als das, und es hat einen Grund, dass manche Witwe so lustig ist....

Die Motive der Täter sind verschieden wie die schwarzen Seiten mancher Menschen: verschmähte Liebe, Rache, Eifersucht, Neid und Missgunst!

Marsello: Mein Leben
460 Seiten

erschienen 2021 bei Twentysix ISBN: 978-3-740783013, 9,99€ als Kindle Edition, 17.-€ als Taschenbuch

Marsello: Mein Leben Die Stationen eines Katers, der aus einem Tierheim kommt, sein erstes Zuhause verliert und sich auf die Suche nach einem neuen Heim begibt. Sein langer Weg führt ihn über Hunger und Kälte schließlich zu Sue und Sam, die ihn aufnehmen und verwöhnen. Alleine und mit ihnen erlebte ungewöhnliche Abenteuer und lebensbedrohende Situationen. Marsello lernt bei seinen menschlichen Freunden viele der berühmtesten Katzen der Welt kennen zum Beispiel Socks, den Kater von Bill Clinton und die Katzen der Downing Street 10. Außerdem verschafft er sich Zutritt zu der Sprache der Menschen. Auch sterben Liebe kommt nicht zu kurz, denn er lernt Chloè kennen und lieben. Für ihn ist sie die schönste und klügste Katze der Welt, eine Nachfahrin der Katzengöttin Bastet!

Ghost Cat: Ein Kater rächt sich an seinem Mörder

Roman nach einer wahren Begebenheit!

206 Seiten

erschienen 2022 bei Twentysix ISBN: 978-3-740786816,
5,99€ als Kindle Edition, 9,99€ als Taschenbuch

Wer ist gänzlich frei von Rachegefühlen, wenn er von jemandem drangsaliert, betrogen, bedroht, bestohlen oder verletzt wird?

Auch Katzen wissen sehr genau, wer es mit ihnen gut oder schlecht meint.

Deshalb kehrt Kater Pedro de la Selva nach mehr als 30 Jahren auf die Erde zurück, um Rache an seinem Mörder zu nehmen.

Die Katzengöttin Bastet, welche über die sieben Leben der Katzen bestimmt, gewährt ihm sogar den Wunsch unsichtbar zu sein. So kann er Rache üben, ohne gesehen und ohne noch einmal sein Leben zu verlieren. Pedro beginnt sich mit kleinen Streichen zu rächen, doch der Mörder wird immer aggressiver und sein Leben nimmt eine dramatische Wendung.

Kleopatra, eine aparte Kätzin, und seine Freunde vom Angelclub geben seinem Leben Freude, Hilfe und Sinn.

**OMON Thriller Das Auge/Der Virus
536 Seiten**

erschienen 2022 bei Twentysix ISBN: 978-3-740787585, 9,99€
als Kindle Edition, 17.-€ als Taschenbuch

Die OMON ist eine russische mobile Polizeieinheit mit besonderer Bestimmung, welche direkt dem Innenministerium untersteht. Für die Familie Petronov ist sie Schicksal und Broterwerb zugleich, denn drei Generationen haben für sie gearbeitet. Im ersten Band geht Igor Petronov alias Boris Barakov den Weg vom einfachen Streifenpolizisten zum Topagenten des Geheimdienstes. Im Band zwei folgt sein Sohn Pjotr Wladimir, genannt Pit, seinem Lebensweg und erlebt viele gefährliche Abenteuer um einen "Virus" zu bekämpfen, der die Menschheit ausrotten könnte.

In memoriam

an eine jahrzehntelange Freundschaft

Irmgard Heyden

14.08.1924 – 16.09.2023

Nichts ist unmöglich!

Am 14.08.2023 feierte Irmgard noch bei schönstem Wetter ihren 99. Geburtstag im Freien in dem schönen Café der Fächerresidenz mit ihren Verwandten und uns.
Am 16.09.2023 verstarb sie, etwa einen Monat später.
Vielleicht wurde sie schon erwartet und ihr geliebter Ehemann stand mit einem Strauß roter Rosen am Himmelstor.
Neben ihm warteten sicherlich meine Mutter und mein Vater, denn sie hatten in ihrem Leben viele gemeinsame Ausflüge und kleine Reisen unternommen.

Kim Walter und Ehemann